転生少女は救世を望まれる
平穏を目指した私は世界の重要人物だったようです

ダスティン
魔道具師として魔道具工房を開いている男性。なかなか心を開かない、クールな性格。
ジャック
スラム街の市場で、店番をしている男性。ロペス商会に雇われている。努力家で、意外と優しい。
レーナ
10歳。家族とともにスラムで生活している。日本人だった前世の記憶を思い出し、街中での平穏な暮らしを目指す。

主な登場人物
アクセル
レーナの父親。妻を溺愛しており、娘も息子も大好き。
ルビナ
レーナの母親。しっかり者で、基本的には優しいが怒ると怖い。
ラルス
レーナの兄。妹思いのいいお兄ちゃん。食べることが大好き。
ギャスパー
ロペス商会の商会長。有能で、この若さでロペス商会を急成長させている。穏やかな印象の外見と違い、貪欲に上を目指している。
エミリー
レーナの友達。活発で明るく、友達思いな性格。気が強い部分もある。

Contents

1章　スラム街の生活 ―― 3

2章　情報収集と行動開始 ―― 50

3章　初めての職場 ―― 82

4章　街中へ！ ―― 119

5章　仕事の初日と魔道具工房 ―― 205

外伝　お父さんとジャックさん ―― 265

転生少女は救世を望まれる

平穏を目指した私は世界の重要人物だったようです

蒼井美紗

イラスト
蓮深ふみ

1章　スラム街の生活

昨日はいつものようにお兄ちゃんと森に採取に行った。私たちのような貧しいスラムの人間は、森の恵みに頼らなければ生きていけないのだ。

豊かな人たちは私たちに憐《あわ》れみや蔑《さげす》みの目を向けるけど、私はこの暮らしに不満はない。優しい両親と兄がいて、森で美味《おい》しい果物が採《と》れた時には皆で分け合って、ささやかな幸せを感じていた。

――しかし、それを幸せだと思っていられたのは昨日までだ。

なぜなら私は思い出してしまったから。森で採取をしている最中に、運悪く私の頭に落ちてきた木の実の衝撃によって、違う世界で生きた前世《ぜんせ》を。

瀬名風花《せなふうか》として過ごした、現代日本での生活を。

◆◇◆◇◆

「この生活は、さすがに耐えられない。高望みはしないけど、さすがにこれはない」

私は頭を抱えてその場にしゃがみ込んだ。ここは私の自宅の前だ。

後ろにある、ボロくて今にも崩れそうな小屋は私の家で、目の前にある汚れた広場は近所の人と共用の調理場。少し先には、地面が濡《ぬ》れて泥《どろ》のようになっている水場《みずば》がある。さらに視線を右に向けると共用のトイレだ。

トイレは一応目隠しできる程度の囲いはあるけど、中は穴を掘ってあるだけ。

あり得ない、本当にあり得ない。こんなに汚い場所で暮らしてたなんて……。

「レーナ、もう起きて大丈夫なの？　昨日頭を打ったんだから、今日は大人しく寝てた方がいいわ」

「お母さん、もう大丈夫だよ」

「ダメよ。家の中に戻ってなさい」

「……はーい」

私はお母さんに窘《たしな》められ、家の中に戻った。

しかし家の中とは言っても土足で、6畳《じょう》ほどの狭い空間だ。奥には大きな木の板が敷かれていて、その上に薄汚れた布が何枚か置かれている。この木の板が私たち家族のベッドなのだ。

このベッド、寝てるだけで体が痛くて、布団は臭《くさ》いし汚いし、虫はたくさんいるし……正直寝てる方が体調が悪化しそう。

そう思ったけど、お母さんを心配させないためにも、色々に目を瞑《つむ》って木の板に横になり布を被《かぶ》った。そしてまだ混乱している頭の中を整理しようと、昨日からの出来事を、そして記憶にある限りの幼少期からのことを思い出す。

私はレーナ。お父さんとお母さん、そしてお兄ちゃんと、スラム街と呼ばれるこの場所でずっと暮らしている。市民権がないから外壁《がいへき》の向こうには入れないという話を聞いたことがあるけど、この街がどこなのか、そもそもこの国がどういう国なのか、そういうことは全く分からない。

お父さんは森で木を切って、それを売って日銭《ひぜに》を稼ぎ、お母さんは畑で野菜を作って食料を確保している。まあ、今思えば、あれは畑と言えるほど大層なものじゃないけど。

お兄ちゃんはお父さんの手伝いをして、私はお母さんの手伝い。それ以外の時間は、森で採取をしたり家事をしたりの毎日だ。

そんな生活をして10年。私はレーナとしてここで精一杯生きてきた。

——しかし、森で昨日、突然前世を思い出したのだ。

木の実が頭にぶつかった瞬間はその痛みに呻《うめ》いた、しかしすぐに別の苦しさが私を襲った。私の中にずっと眠っていたけれど、鍵をかけられ、奥底に仕舞《しま》い込まれていた記憶。それが突然飛び出してきたのだ。

あまりにも膨大な記憶の奔流《ほんりゅう》に、頭痛がして吐《は》き気がして眩暈《めまい》がして、私は森で倒れてしまった。

そしてお兄ちゃんに家まで運ばれたらしい。

今朝《けさ》に目が覚めたら、家族全員が私のことを心配そうに見つめていて、私はレーナだけでなく、瀬名風花としての人格もこの小さな体に備えていた。

これって転生とか……そういうことなのだろうか。

私が瀬名風花として生きていた記憶の最後は26歳だ。ここにいるということは、私は日本で死んでしまったのだろうけど、最期《さいご》の瞬間の記憶はない。

日本で死んでこの世界でレーナとして生まれ変わり……今の今まで前世の記憶が封印されていた？　それが頭への衝撃で解き放たれたのかな。

とりあえずわけが分からないけど、そう考えるしかない。

「とにかく一番の問題は、瀬名風花の記憶を思い出した私には、ここでの生活は耐えられないってことだよね」

文句を言ってもいいのなら、記憶を思い出したくはなかった。

ここでの生活しか知らなければ、今私の隣を這《は》っているよく分からない虫も、チクチクと肌に痛い布も、強風が吹いたら飛んでいきそうな家も、ドブみたいな臭《にお》いがするこの地域も、全てが当たり前だったのだ。

でも私は思い出してしまった。とても清潔で快適なベッドを、臭いなんてない、レバーを引けば水が流れていくトイレを、台風が来てもびくともしない建物を。さらには美味しい食事も、たくさんの娯楽《ごらく》も。

「この生活から抜け出すためにはどうすればいいのか、情報収集から始めないと」

別に凄《すご》く贅沢《ぜいたく》な暮らしがしたいわけじゃない。もう少し快適な生活を手に入れて、いい人を見つけて結婚して家庭を持って、そうして平穏に暮らしていきたい。

日本での私の目標は素敵なお嫁さんだった。若くして死んじゃったからそれは叶《かな》わなかったけど、今度こそこの世界で叶えたい。

ここでこのまま暮らしていれば、いずれ近所の誰かと結婚して、家庭を持つことはできるのだろう。

ただこの環境では、さすがに結婚できたとしても喜べないと思う。

私の中の素敵なお嫁さん像に、この地域の女性たちは当てはまらない。ドブ臭い場所の吹けば飛びそうな家で、虫に囲まれた生活なんて、そんなのは理想と違いすぎる。

絶対にこの生活から抜け出そう。もっと快適な生活はこの世界にだってあるはずだ。そう決意を固めて、ボロくて汚い小屋の中で拳《こぶし》を握《にぎ》りしめた。

次の日の早朝。家族の皆がまだ起きていない時間に目が覚めた。

というよりも、自分の体を這う虫や、ただの木の板に寝ていることで痛い体、さらにはチクチクと肌に突き刺さる布が気になりすぎて、ほとんど寝られなかったのだ。今までは気にならなかったのに……辛《つら》い。

ボロい小屋の外に出て空を見上げると、そこには日本で見ていたものとほとんど変わらない景色があった。この景色だけは変わらないんだなぁ……日本人に戻りたいよ。

それからしばらく空を眺《なが》めていたら、まだ時間的に肌寒かったからかブルっと体が震《ふる》えた。

そしてトイレに行きたくなってくる。

「漏《も》らすよりはあのトイレの方がマシ」

そう呟《つぶや》いて自分に言い聞かせ、共用のトイレに向かった。

トイレの囲いにかかっている木の板を見て、刃物でつけられた丸い印が表になっていないことを確認してから、囲いを跨《また》いで中に入る。一応この板が、使用中かそうでないかを示しているのだ。

10歳の私にはまだ少し穴が大きいから怖いけど、落ちないように細心の注意を払って穴を跨ぐ。そしてワンピースの裾《すそ》をたくし上げてしゃがみ込み、素早くトイレを済ませた。

はぁ、無事にできてよかった。そう安堵《あんど》してスカートを元に戻し、トイレから出ようと囲いに手をかけると……手に触れたのは、木の板ではなく虫だった。それも大きなゲジゲジみたいなやつ。

「ぎゃぁぁぁぁぁっ！」

ゲジゲジなんてどこにでもいるのに、今までは気にもしていなかったのに。瀬名風花の記憶を思い出してからの不意打ちの虫は破壊力が強く、思わず叫んでしまった。

さらに後ろに思いっきり後退《あとずさ》ったことで、トイレの穴に片足を落としてしまう。そこでもう一度悲鳴を上げたところで、まだ皆が寝ている時間だということを思い出した。

ヤバいと口を手で覆《おお》ったけど時すでに遅く、私の家族だけでなく近所に住む人たちが、光花《ひかりばな》という日本での電球のように使われている花を持って家から飛び出してくる。

そして光花の光によって、トイレに片足を突っ込んで半泣き状態の私が照らされた。

「なんだ、レーナがトイレに落ちただけか」

「驚かせるなよな。獣《けもの》が襲ってきたのかと思ったじゃねぇか」

「皆、ごめんなさい」

本当に申し訳ないと思って心から謝ると、皆は優しい笑みを浮かべてくれた。

ここは最悪な環境だけど、周りにいる人たちは優しい人が多いのだ。皆で力を合わせて生活してるからかもしれない。

「レーナ、父さんの手に掴《つか》まれ」

「うん。ありがと」

「おい、皆でアクセルが落ちないように、反対の手を掴むぞ」

「俺は落ちねぇよ」

「そんなの分かんないだろ？」

アクセルとはお父さんの名前だ。お父さんが私に手を伸ばしてくれて、その反対の手を近所のおじさんたちが掴んでくれている。

まあおじさんと言っても、前世の私ぐらいの年齢の人も多いんだけどね。

「じゃあ引くぞ。せーのっ！」

その掛け声と共に、ズボッという音を立てて私はトイレから引き上げられた。

光花で照らされた自分の体を見下ろすと、ワンピースの裾は汚物《おぶつ》で汚れてるし、足は全てドロドロに汚れがついてるし、履《は》いていたはずの草を編んだ靴は汚れで見えなくなっていた。

凄く臭いし汚いし、泣けてくる。

「あらあら、洗わないといけないわね」

「レーナ、ここに座れるか？」

お母さんが私の手を引いて優しい笑みを浮かべ、お兄ちゃんは私が座れるように木の椅子を持ってきてくれた。

「水の女神様の加護《かご》持ちの誰か、水魔法でこの桶《おけ》を満たしてくれないか？」

「俺がやってやるよ」

向かいの家に住むおじさんが手を挙げてくれて、精霊に語りかける。

『水を司《つかさど》る精霊よ、清らかなる水を我が手に』

おじさんがそう唱《とな》えると、ふわっと青い光が桶に向かい、その数秒後には桶が水で満たされた。

今まではこれも普通の光景として見ていたけど、改めて見るとファンタジーだ。

この世界には「神々への祈りの儀式」というものがあり、この世界に住む人は誰でも12歳になるとこの儀式を教会で受ける。

すると風の女神、土の女神、火の女神、水の女神のどれか一柱《ひとはしら》から加護をもらい、その加護をくださった女神様の色の、宝石が嵌《は》まった指輪を授《さず》かるのだ。そしてその指輪を得ると、自分の加護の種類に応じて精霊と契約することができ、こうして精霊魔法を使えるようになる。

風の女神様の加護を得ると白い宝石の指輪を得て、風魔法と飛行魔法が使えるようになり、土の女神様は茶色の宝石で土魔法と植物魔法、火の女神様は赤い宝石で火魔法と温暖魔法、水の女神様は青色の宝石で水魔法と冷却魔法だ。

これは貧しい生活を強《し》いられているスラム街の人間でも知っていることで、この世界の常識だ。幼い頃から女神様と精霊に関する話はたくさん聞かされてきた。

改めてそれを思い出すと……地球とは全く異なる世界だと分かる。

ちなみにお伽話《とぎばなし》では、創造神《そうぞうしん》様の加護も存在している。

創造神様の加護を得ると、金色に輝く宝石のついた指輪を得ることができ、他の女神様の加護で使える魔法の全てと、空間を操《あやつ》ったり他人の力を向上させたり、そういう特別な魔法が使えるようになるらしい。

ただこの話の真偽《しんぎ》は不明だ。全ての魔法が使えるというのは、全種類の精霊と契約することができるようになるということで、一応は理解できるけど、特別な魔法というのは信じられない。

私は今まで生きてきた10年間で、それらの魔法を行使できる精霊の存在を聞いたことはないし、見たこともないのだ。

精霊はそれぞれの神から得た加護に応じて、わずかに光を放ち、どこにでもふわふわと浮いている存在だ。私たちは触れることはできないけれど、契約すると精霊を通して魔法を行使できる。精霊の姿は誰でも目視《もくし》できるので、他と違う精霊がいたらすぐに分かるのだ。

私は今まで、四柱《よはしら》の女神様の色合いである４色以外に光る精霊を見たことはない。

「レーナ、水をかけるから左足を出してくれ」

「うん。ありがとう」

お父さんが大きな桶から小さな器《うつわ》に水を掬《すく》い、私の足の汚れを流してくれた。汚物を嫌がることなく洗ってくれて、本当にありがたいな。

家族や近所の人たちの優しさに触れ、泣きそうなほどに落ち込んだ気分が少し浮上するのを感じた。

それからお父さんが真剣に水で汚物を洗い流してくれたけど、肌寒いと思っていた気温で水を浴びていたら、体が完全に冷えてしまった。

「お父さん、温暖魔法で水を温《あたた》めてくれない？」

お父さんは火の女神様の加護を得ているので、火魔法と温暖魔法が使えるのだ。お父さんのこの魔法のおかげで、私たちは寒い冬も問題なく越えることができている。

ちなみにお母さんは土の女神様の加護持ちで、お兄ちゃんはお父さんと同じく、火の女神様だ。

「ああ、寒いか？　気づいてやれなくて悪かった。『火を司る精霊よ、清冽《せいれつ》な水に温かな魔力を』」

お父さんがそう唱えると、ぼんやりと赤い光を放つ精霊が桶の周りをふわふわと飛び回って、水が適温のお湯になる。

「どうだ？」

「ちょうどいいよ。ありがとう」

「アクセルはやっぱり魔法が上手《うま》いなぁ」

近所のおじさんが、お父さんの魔法を見て感心したようにそう言った。今までのレーナの記憶から考えると、精霊魔法はどれほど精霊とコミュニケーションがとれているかと、呪文の正確性で、魔法の上手さが決まるのだそうだ。

精霊とはなんとなく通じ合えるものがあるって、よくお父さんが言ってるけど、まだ精霊と契約できない私にはよく分からない。

「よしっ、これで綺麗《きれい》になったな」

最後にはボロ布をお湯で濡らして足を綺麗に拭《ぬぐ》ってくれて、トイレに落ちる前の状態まで戻ることができた。

ワンピースの裾と靴も一緒に洗ってくれたので、濡れているけど綺麗だ。

水で流しただけなんて絶対にまだ菌《きん》がいるよとか、汚物に埋まった服と靴を使うのなんてあり得ないとか、瀬名風花としての記憶がそう訴えかけてくる。

でもここでそんなことを考えても仕方がない。ここには石鹸《せっけん》なんてないし、服や靴は貴重品なのだ。

「お父さんありがとう。皆、起こしちゃってごめんね」

「気にするな、もう朝だしな。レーナ、俺が風魔法で乾かしてやるよ」

「いいの？　ありがとう」

『風を司る精霊よ、穏やかなる風を起こし給《たま》え』

おじさんがそう呪文を口にすると、私の全身に微風が当たった。ちょっと風が弱すぎる気がするけど、そこそこは乾くかな。

今おじさんが起こした風は、効果範囲の指定が甘いし強さの表現も曖昧《あいまい》だから、私とその周り一帯に対して、濡れた体を乾かすには弱い風が吹いている。

これが魔法の上手な人だと、もっと精霊との意思疎通《そつう》が上手くいき、おじさんが求める魔法に近づくのだそうだ。

あとは学校などに通って呪文について学ぶと、その時々に合わせて少し呪文を変化させて、より魔法の精度を上げられるらしい。スラム街に住む人たちが使っている呪文は、代々親から子に引き継がれているもので、この呪文が良いのか悪いのかも分からないと、お父さんがぼやいていたのを聞いた記憶がある。

ただ精霊魔法が本当に苦手な人は発動もままならないらしいから、このおじさんも苦手というわけではないのだろう。

「ありがとう。もうほとんど乾いたよ。あとは日が昇ればそのうち乾くから大丈夫」

「確かにそうだな。今は火の月だから昼間は暑いもんな」

「うん。トイレに落ちたのが水の月じゃなくてよかったよ」

この世界の暦《こよみ》はよく分からないけど、とりあえず1年が4つの月に分かれていて、風の月、火の月、土の月、水の月と呼ばれているということはレーナでも知っている。

季節の移り変わりは日本の春夏秋冬に似ていて、火の月が夏で水の月が冬相当だ。

「そろそろトイレも綺麗にしないとダメかしらね」

日が昇り、光花がなくても様子が見られるようになってきたところで、お母さんがトイレを覗《のぞ》き込んでそう呟いた。すると何人かの大人たちも覗き込み、同意するように首を縦に振る。

「せっかくの機会だし分解するか」

「そうね。土の女神様の加護持ちの皆、集まってくれる？　トイレを綺麗にするわよー」

お母さんがご近所さんに呼びかけると、男女数人ずつがトイレの周りに集まってきた。そしてトイレの中に手をかざし、一斉に呪文を唱える。

『土を司る精霊よ、千草《ちぐさ》から自然界の循環に尽力《じんりょく》せし植物を育て給え』

その呪文を唱え終わるのと同時に、いくつもの茶色い光を放つ精霊がトイレの中に飛んでいった。

そして汚物が見えなくなるほどに大量の、小さな青い双葉《ふたば》の草が現れる。青草と呼ばれるその草は、現れてはキラキラと光を放ちながら崩《くず》れるように消えていき、また新たに双葉が出現する。

そうしてトイレの中とは思えない幻想的な光景が終わると、中にあった汚物は綺麗になくなり土となっていた。

「さて、肥料《ひりょう》を分けるわよ」

「皆、桶を持ってきて！」

汚物が分解されて残った土は肥料となるので、皆が嬉《うれ》しそうに桶を持って、木のスコップで平等に分けていく。

今まではこの肥料が毎日の食事のためになるのだと喜んでもらっていたけど、今はそこまで喜ぶ気持ちにはなれない。大切な肥料だってことは分かってるんだけどね。

「お母さん、汚物の分解ってなんでもっと頻繁《ひんぱん》にしないの？」

「なんでって、たくさん溜《た》めてから一度にやった方が楽じゃない。それに精霊魔法は空気中の魔力をたくさん消費するから、しばらく経って魔力が回復してからじゃないと使えないわよ？」

「そうなんだ」

精霊魔法は、得意な人なら無制限に使えるってものじゃないんだね。

それなら仕方ないか……毎日綺麗にして欲しかったんだけど。

レーナの記憶を思い起こしても、確かに精霊魔法はそれほど頻繁には使ってない。水を出現させたり火を起こしたりには使うけど、それ以外に使っている記憶はあまりない。

それほど万能なものでもないってことなんだろう。

「レーナ、うちに戻るわよ。朝ご飯にしましょう」

「はーい」

私は桶に肥料を入れてうちに向かうお母さんと、その隣を歩くお父さんとお兄ちゃんに遅れないよう、皆について駆け足で家に戻った。


家に戻ると、それぞれの役割ごとに行動する。お父さんとお兄ちゃんは仕事道具の点検などを行い、その後は洗濯だ。私とお母さんは基本的にご飯作りをする。

「アクセル、ラルス、そろそろ布団も洗いましょうか」

「確かにかなり黒くなってるな。洗ってくる」

「全部洗った方が……いいな。汚れてると虫に食われるんだよなぁ」

家族皆が布団とも言えない布を広げてそんな会話をしているのに対し、私は何度も首を縦に振った。

そろそろどころか、洗うのが遅すぎるよ。黒ずむ前に洗って欲しい。お兄ちゃん、虫に食われるとかじゃなくて普通に汚いから洗って！

「レーナ、調理場に行くわよ」

「はーい」

「ルビナ、美味《うま》い朝食を頼んだぞ」

「分かってるわ。任せなさい」

お母さんはお父さんに声をかけられて、やる気十分な様子で腕まくりをした。私は部屋の隅《すみ》に置いてあるポーツという、味はじゃがいもで形はかぼちゃな野菜と、ラスタという穀物《こくもつ》を挽《ひ》いたラストーと呼ばれる粉を持つ。

調理場はご近所さんと共用になっていて、皆で協力しながら食事を作るのが当たり前だ。

水の女神様の加護を持っている人は水を提供して、火の女神様の加護を持っている人が木材に火をつける。

「レーナ、ポーツを茹《ゆ》でてちょうだい」

「もうやってるよ」

鍋《なべ》やフライパンなどの調理器具は一家に1つずつなんてないので、調理場にあるものを順番に使ったり、一緒に茹でたりするのが普通だ。

今日も私は二つ隣の家と向かいの家のお母さんと一緒にポーツを茹でた。

ポーツはしばらく茹でていると、皮の色が薄い黄色から濃い茶色に変わるので、色が変わったらお湯から出して少し冷ます。そして冷めたらナイフを使って適当な大きさに切り分けて、木の棒で潰《つぶ》していく。

この作業が毎日大変なんだよね……瀬名風花の記憶を思い出すまでは、辛いなと思いながらもこれが女の仕事だって思ってたけど、この重労働を10歳の子供に課すのはおかしい。というか私、この仕事は数年前からやってたし。

「お母さん、潰せたよ」

手が痛くなりながらも皮も含めて全部を潰すと、そこにお母さんがラスートを少しだけ入れて、綺麗に洗った手でぎゅっぎゅっと力を入れながら混ぜていった。

ラスートを少しだけ入れることで、ポーツに粘《ねば》り気が出て食感がモチモチになるんだそうだ。そうしてモチモチの生地《きじ》みたいなやつを作ったら、それを丸く整形してフライパンで焼いていく。フライパンがない時はその辺にある鉄板だ。最悪は石を熱して焼くこともある。

改めてうちってどれだけ貧しいんだろうか……ここしか知らなかった時の方が幸せだった。

今まではフライパンが使えた時に喜んでたけど、もうそんなことで喜べない。フライパンも使えないとか何事⁉　って思ってしまう。

うぅ……もう前世の記憶を恨《うら》むよ。私をこんな世界に転生させた存在がもしいるなら、一言でも文句を言わせて欲しい。

もっと快適な場所に転生させて！

「レーナ、焼けたポーツをお皿に載《の》せていって。お昼用は葉で包むのよ」

「分かった。お母さん、確か昨日採れたキャロがあるって言ってなかった？」

「あっ、そうだったわね！　家から持ってきてちょうだい。ソルをかけて焼いたら美味しいわ」

「じゃあ持ってくるね」

キャロとは白いにんじんみたいな形の根菜だ。そしてソルは塩みたいな調味料。ただ、ソルが森で採れたって話を聞いたことがあるから、塩とは少し違うのかもしれない。今思い返せば、ちょっと苦味やえぐみもあった。

調理場に戻ってキャロとソルをお母さんに手渡すと、お母さんがナイフでキャロを切り始めたので、私がポーツを焼くことになった。手作りの木べらでポーツをひっくり返していくんだけど、油なんて引けないのでフライパンにくっつくのが大変だ。

くっついた時は水を少し入れて、フライパンから剥《は》がせばいいと教えられているけど……よく考えたら、水なんてかけたら美味しさが半減するよね。せっかくパリパリに焼けたものを水浸《みずびた》しにしちゃうんだから。

でも水を入れる以外にくっつかない方法が分からないので、仕方なく水を投入する。

「レーナ、フライパンの端《はし》でキャロも焼いてちょうだい」

「うん、ここに入れていいよ。ソルは？」

「私がかけるわ」

お母さんがソルをほんの少しだけ指で摘《つま》んでキャロに振りかけた。こんなに少しで味がつくのかと疑問だけど、ソルは貴重品だから仕方がない。

そうして忙しく動き回り、朝食の完成だ。朝食は焼きポーツとキャロのソル焼き。焼きポーツしかないことも多いので、今日はいつもより豪華な朝食だ。

この世界の標準の食事ってどんな感じなんだろう……穀物であるラスタやそれを挽いたラストは贅沢だからってことで、より安いポーツを食べてるみたいだから、とりあえず一般的にはポーツが主食でないことは確かだと思う。

「アクセル、ラルス、朝食ができたわよ！」

完成した朝食を持って、家の前に置かれている木製のテーブルに向かった。人数分ある椅子とテーブルは、もちろんお父さんの手作りだ。

「おっ、今日はキャロもあるのか！」

「ええ、昨日収穫できたのよ」

「美味しそうだな」

「さっそく食べましょう」

この家にもお父さんが作ったスプーンのようなカトラリーはあるけど、ポーツとキャロは素手《すで》で掴んで食べるのが普通だ。

この手には目に見えない汚れがたくさんついてるんだろうな……と考えつつ、それには目を瞑って食事をとることにした。

ポーツを持つと、温かくていい香りがして、空腹を刺激される。ゆっくりと口に運ぶと……もち米を潰したようなモチッとした食感がして、ほのかに甘さを感じることができた。

「今日も美味いな。ルビナはさすが料理上手だ」

「ふふっ、褒《ほ》めすぎよ」

お父さんはお母さんをデレデレな表情で見つめていて、お母さんも満更《まんざら》でもなさそうに返事をしている。この2人のこんな会話は日常茶飯事《さはんじ》だ。

今思えば、なんで私に弟妹《ていまい》がいないのか不思議だよね。

「キャロもめちゃくちゃ美味いな！　ソルを使ってるなんて贅沢だ」

「今日は特別よ。またしばらくはポーツだけになるから味わっておきなさい」

「おうっ」

お兄ちゃんは凄い勢いで食べ進めていき、すでに食べ終わりそうだ。14歳だからいくらでも食べられる時期なんだろうけど、そんな時期にこれしかご飯が食べられないなんて、大丈夫なのかな。

「……お兄ちゃん、私のポーツ食べる？」

まだ半分以上残っていたポーツを手でちぎって渡そうとすると、お兄ちゃんは首を横に振って私の手を押し返した。

「兄ちゃんは大丈夫だから、それはレーナのだ。ちゃんと食べないと大きくなれないぞ？」

「確かにそうだよね……ありがとう。じゃあ食べる」

お兄ちゃんは私の返答を聞いて、優しい笑みを浮かべた。お兄ちゃんは私が1人だけの兄弟だからか、4つ離れた妹だからか、かなり可愛がってくれているのだ。

最悪な環境だと思ったけど、家族だけは本当に最高だと思う。お母さんもお父さんもお兄ちゃんも、全員大好きだ。

朝ご飯を食べ終えたら、すぐにお父さんとお兄ちゃんは仕事のために森へ向かった。基本的には2人が森に行って、私とお母さんが畑に行く毎日だ。

しかし仕事とは別に、森の恵みを採取することも生活のためには必要なので、お手伝いは午前中で終わらせて、午後は採取に向かうことも結構ある。

私が前世を思い出す羽目《はめ》になったのは、その採取の時だ。

「お母さん、私が肥料を持つよ」

「あら、ありがとう。じゃあお願いするわね。お母さんは道具と籠《かご》を持つわ」

畑に行く準備をして、家のドアを閉めて外に出た。

ちなみに家には鍵なんてない。盗まれるものがないので鍵をつける必要がないのだ。それに鍵をつけたところで、そもそもあんなにボロい家なら普通に蹴破《けやぶ》れるし、あまり意味がない。

家を出たところでちょうど隣の家からも人が出てきて、明るい声で話しかけられた。

「2人も畑に行くの？　ちょうどいいから一緒に行きましょうか」

「あら、サビーヌとエミリー。もちろんよ」

「レーナ、一緒に行こ！」

いつも元気いっぱいなエミリーが、私に抱きついて頬擦《ほおず》りをしてきた。エミリーは私の一番仲のいい友達だ。よく話をしたり一緒に仕事をしたりしている。

「ちょっとエミリー、肥料を持ってるから危ないよ」

「ええ、いいじゃない。レーナ、今日の朝は大変だったね」

「もう最悪だったよ。まさかトイレに落ちるなんて」

「ふふっ、レーナの叫び声には驚いたよ」

私の顔を覗き込んで、そう言って笑うエミリーはとても可愛い。瀬名風花の記憶を思い出すまではなんとも思わなかったけど、ピンク色でふわふわな髪の毛が似合う女の子が現実にいるなんて。

ちなみに私は、金髪に金の瞳《ひとみ》だ。お父さんとお兄ちゃんが赤髪に赤茶の瞳、お母さんが茶髪に茶色の瞳なので、なんで私は金髪なんだろうと何度か不思議に思ったことがある。

「2人とも、早く行くわよ〜」

「はーい!」

畑はスラム街の外《はず》れにあって、歩いて10分ほどだ。このスラム街は外壁に囲まれた大きな街の周りに広がってるんだけど、外壁がある方向とは逆にスラム街から向かうと畑に着く。

「そういえば、昨日は大丈夫だったの? ラルスに運ばれて森から戻ってきた時は本当に驚いたよ」

「もう大丈夫だよ。当たりどころが悪かったみたい」

「それならよかった。レーナは昨日から災難続きね」

本当だよ……それもこれも全て前世を思い出したせいだ。

エミリーだって、今まではとにかく可愛くて活発で自慢の友達だったのに、今はちょっと顔が薄汚れてるなーとか、服が臭うなーとか考えてしまうのが嫌だ。

エミリーはちゃんと体を磨《みが》いて綺麗な服を着たら、もっと可愛くなるだろうな。化粧映《けしょうば》えすると思うし、着飾ってみたい。

「そうだレーナ！　今日の午後にお母さんと一緒に市場に行くんだけど、レーナも一緒に行く？　昨日倒れたんだから、そんなに仕事をしない方がいいでしょ？」

「あら、それはいいわね。サビーヌ、頼んでもいいかしら？」

エミリーの突然の提案に、前を歩いていたお母さんが振り向いて賛同した。

「一緒に連れていくぐらいなら、もちろんいいわよ」

「お母さんいいの？」

「ええ、たまには息抜きも必要よ」

「……じゃあ、一緒に行こうかな。サビーヌおばさん、よろしくね！」

「分かったわ」

私は突然入った楽しみな予定に、足取りが軽くなる。

市場とは外壁の近くで毎日開かれているもので、街の中に住む人が、スラムに住む私たちに対して物を売っているのだ。

私たちは基本的に自給自足の生活をしているけど、森や畑では手に入らないものや足りないものは、市場で買うことになる。

ちなみにお父さんが伐採《ばっさい》している木材を買い取ってくれるのも、市場にお店を出している商人らしい。

「そろそろ畑に着くわよ。レーナはこっちね」

「はーい。じゃあエミリー、また午後に」

「うん！　またね！」

エミリーの家の畑とうちが持つ畑は少し離れているので、入り口で手を振って別れた。うちが持つ畑は2畳ほどの小さな土地だ。

この場所は本当は国のもので、そこを勝手に畑にしているから必要最低限しか育てないのだ。国に取り上げられないようにとの先人の知恵らしい。

ちなみに当たり前だけど、家がある場所も国の土地で私たちが勝手に住んでいるだけなので、立派な建物は建てないのだそうだ。

「レーナ、桶で水を汲んできてくれる？　私は雑草を抜いておくわ」

「分かった」

畑にはそこかしこに溜池《ためいけ》が作られていて、水魔法を使える人が定期的に水を入れてくれている。

私はそんな溜池に向かって、桶にいっぱいの水を汲《く》んだ。重いけど何度も汲みに来る方が大変なので、足腰に力を入れて持ち上げる。

——この溜池もそうだし、共用の調理場も、さらには畑の野菜が盗まれないことも、明確に誰の畑か示されてるわけじゃないのにそれぞれの領域を侵《おか》さないところも、スラム街なのに意外と上手く回ってるよね。

そう感心しながら畑を見回した。協力しなければ生きていけないからこそ、和を乱すような人はすぐにこのコミュニティから弾《はじ》き出されるから、皆がちゃんと決まりを守るのだろう。

「水汲んできたよ。肥料を撒《ま》いてから水をあげる？」

「そうね。そっちから雑草を抜いてるから、綺麗になったところから肥料を撒いてくれる？」

「了解。ポーツは肥料いらないかな？　かなり育ってるみたいだけど」

「確かに……このまま収穫までいけそうね。ポーツ以外は全部お願いね。残った肥料は土と混ぜておいて」

そうしてお母さんと相談したあとは、無駄口《むだぐち》を叩《たた》かずに黙々と仕事をこなした。火の月である今は日中の日差しが強いので、ポタポタと汗が流れてくる。

「レーナ、ちゃんと水を飲むのよ」

「もちろん。お母さんも飲む？」

「ええ、もらうわ」

木で作った水筒のような容器から口に水を含むと、ぬるくなっていて、あまり美味しくはない。

水の女神様の加護を持ってたら、冷たい水がいつでも飲めるのにな……私の加護はどの女神様からもらえるんだろう。お母さんが土の女神様で、お父さんとお兄ちゃんが火の女神様だから、私はそれ以外がいいな。

そんなことを考えながらも手は止めずに、日が高くなるまで作業に没頭した。


畑仕事が一段落した私とお母さんは、エミリーたちと合流して家に戻った。そして朝に作っておいた焼きポーツをお昼ご飯として食べたら、さっそく市場に向かう。

スラム街での暮らしは肉体労働が多いからか、エネルギー補給のためにお昼も食事をするのだ。ポーツが手軽に手に入って、朝に作った焼きポーツがお昼まで常温で保存できるからこそのお昼ご飯だろうから、私たちってポーツに生かされてるよね。

「市場に行くのは久しぶりだから楽しみ！」

「そうだね。私はしばらく行ってないよ。今日は何を買いに行くの？」

「布よ。うちの布団がさすがに穴が空きすぎて使えないから、雑巾《ぞうきん》にして布団を新しくするんだって」

確かにエミリーの家の布団は酷《ひど》かったな……干してあるところを思い出すと、穴が多すぎて布の体《てい》を成していなかった。

「頑張って値切るわよ！」

「うん！　私もちゃんと交渉するね！」

サビーヌおばさんとエミリーは、やる気十分な様子で拳を握りしめている。この2人は値切るのが上手そうだね。私は小心者だから価格交渉は苦手なのだ。

レーナの時でさえ下手だと言われていたのに、瀬名風花が混じったらもっとダメになる気がする。ここで暮らしてるんだから頑張らないと。

「あっ、ミューだ」

「本当だ。親子かな」

ミューと呼ばれている、日本にいたものに例えると子犬のような動物が、私たちの進む道を横断していた。小さな子が3匹、お母さんなのだろうミューについていっているのが可愛い。

ミューは畑によく出る害虫を主食としていて、私たちに益《えき》があるので、討伐は暗黙の了解で禁止となっている珍しい獣だ。

——食べられる部分がほとんどなくて、毛皮もすぐにボロボロに崩れる使えない品質だからって理由も聞いたことがあるけど、この知識はぜひとも忘れたい。

「いつ見ても綺麗な青だよね」

「本当よね。これで毛皮の質がもっとよければ高く売れるのに」

「そこだけが残念だよねー」

……いやいや、私は綺麗で可愛いから愛《め》でたいって意味での褒め言葉だったんだけど。2人の頭の中でのミューは、売れなくて残念な獣って位置づけらしい。

この環境に生きてたらそうなるのは分かるけど、ちょっと悲しいな。やっぱり周囲に優しくするには自分の余裕って大事だよね。

それから歩くこと10分ほどで、私たちは市場に到着した。市場は外壁に沿うように横にずらっと続いていて、たくさんのものが売っているので目に楽しい。

「レーナ見て！　フライパンが売ってるよ！」

「本当だ。あんなに綺麗なフライパンなら、ポーツがくっつかないのかな」

「買いたいよね……」

「ダメよ。まだまだあのフライパンは使えるんだから」

サビーヌおばさんの言葉に、私とエミリーは「はーい」と揃《そろ》って返事をして、おばさんのあとを追いかけた。

おばさんの目当てのお店は、市場をしばらく進んだ先にある若い女性がやってるお店だそうだ。

「エミリー、レーナ、あのお店が一番値切れるのよ。覚えておきなさい」

「あの黄色い服を着た女性のお店？」

「そうよ。数年前に代替わりして、まだまだ若いのよ」

そう言って、ふっとこちらの勝利を確信したような笑みを浮かべたサビーヌおばさんは、さっきまでよりも胸を張ってお店に近づいた。それを真似《まね》して後ろに続くエミリーを見て、私も少しだけ胸を張ってみる。

「いらっしゃいませ。本日は何をお求めですか？」

「いや、特に目的はないのよ。ただ綺麗な布が見えたから、覗いてみようかなと思ったの。これなんて手触《てざわ》りがいいわね」

「そちらは大人気の布団ですよ」

サビーヌおばさんはチラッと値段を確認すると、ニヤッと好戦的な笑みを浮かべた。値段は小銀貨《しょうぎんか》3枚みたいだ。

「小銀貨2枚なら手が出るんだけどね～」

「お母さん、向こうのお店で、小銀貨2枚と銅貨《どうか》5枚で同じような布団が売ってたよ」

「あら、そうなの？　じゃあそっちを見に行こうかしら」

「でもこっちの方が触り心地はいいかも！」

「そう、もう少し安ければね～」

凄い、エミリーが役者だ。サビーヌおばさんも笑顔が怖いよ。店主は笑顔が引き攣《つ》っていて、値引きしようか悩んでるみたいだ。

ちなみにこの国のお金は鉄貨《てっか》、小銅貨、銅貨、小銀貨の4種類があると私は知っている。多分他のお金もあるんだろうけど、スラム街で見ることはない。

全部が10枚で一つ上の硬貨と同程度の価値になるらしいから、日本の記憶を思い出した私としては分かりやすくてありがたい。とりあえずこの4種類は全て硬貨で、紙幣はないみたいだ。

「し、小銀貨2枚と銅貨5枚までならお安くできますよ」

「あら、本当？　それはありがたいわぁ」

「でもお母さん、まだお布団は前のやつが使えるよ？」

「そういえばそうだったわね。どちらかといえば必要なのは手拭いよ」

「手拭いなら銅貨1枚で売ってるよ！」

「今回は手拭いだけにしましょうか。布団も手触りがよくて名残惜《なごり》しいんだけど……」

そう言って悲しげな表情で布団に触れたサビーヌおばさんは、しかし買わないようで布団から視線を戻した。そして手拭いを1つ手に取り、店主のお姉さんに渡そうとしたところで……お姉さんが、ずいっと体をサビーヌおばさんに近づけた。

「奥様、今ならそちらの布団に手拭いを1つつけますよ？」

「まあ、本当？　値段は小銀貨2枚と銅貨5枚のままかしら？」

「もちろんです！」

「……じゃあ、布団もいただこうかしらね。とても質がいいもの」

「ありがとうございます！」

2人の間で商談が成立したようだ。小銀貨3枚の布団が小銀貨2枚と銅貨5枚になって、さらに手拭いまで1つついてきた。さすがサビーヌおばさんだ。満足げな笑みを浮かべていて、隣でエミリーもやりきった表情をしている。

もう使えない布団しかないのに、まだそれほど必要ないと匂《にお》わせたり、他のお店の布団なんて見てないのにもっと安いところがあると伝えたり、2人とも凄いな。

それからサビーヌおばさんはお金を払って、綺麗に折り畳《たた》まれた新品の布団を受け取った。

皆でお店から離れると、サビーヌおばさんが優しい笑みを私たちに向けてくれる。

「さあ2人とも、銅貨5枚分も安くなったから、その分で何かを買って帰りましょう」

「本当に!? やった！」

エミリーはまだ買い物が続くということに、満面の笑みを浮かべて飛び上がった。

スラム街では何かを買うってこと自体が、稀《まれ》なことで娯楽になる。私もエミリーに釣《つ》られて笑顔になり、市場に立ち並ぶお店にまた視線を向けた。

市場には食品を売るお店もたくさんあって、私たちが普段は食べられないような瑞々《みずみず》しい野菜がいくつも売られている。ほとんど食べた記憶がない野菜もあるね……。

地球とは植生《しょくせい》が全く違うから、瀬名風花の記憶から味を予想することもできない。

転生って、日本での知識を使ってお金を稼いだりするのが小説や漫画では一般的だったけど、私には無理そうだよね。この世界の食べ物なんて日本人の知らないものばかりだし、地球の知識が役に立つとは思えない。

「サビーヌおばさん、何を買うの？」

日本の知識を使って活躍するのは早々に諦《あきら》めて、目先の幸せに意識を向けることにした。買い物なんてたまにしかできないんだから、最大限に楽しまないと。

「そうねぇ。そろそろラストートが終わるからそれを1袋と、あとはスラムの畑では育たない野菜を買いましょう。ミリテなんてどうかしら？」

「え、ミリテ⁉　買ったら1つ食べていい⁉」

「もちろんよ。でも皆には内緒よ？　レーナにも1つあげるわ」

おばさん……大好き！　ミリテが食べられるなんて、今日は最高の1日だ。

「ありがとう！」

「いいのよ。たまにはご褒美《ほうび》もないとね」

「やったー！　レーナ、美味しそうなミリテを探そう？」

「うん！」

ミリテとは、地球にあったものに例えるとミニトマトだ。ただ大きさは一般的なミニトマトよりもかなり小さくて、酸味《さんみ》が強い。でも瑞々しくて少しの甘みがあって、今の私たちにとってはとても贅沢な食べ物だ。

「あっ、あそこのお店にミリテがあるよ？」

「本当だ」

私はエミリーと手を繋《つな》いで、ミリテを売っているお店に駆け寄った。店員は30代前半ぐらいに見える、声の大きな男性だ。

「いらっしゃいませ〜。新鮮な野菜が揃ってるよ！」

「おじさん、ミリテっていくら？」

「1籠で銅貨3枚さ」

「えぇ〜、ちょっと高くない？」

そこまで高くはない野菜では、策《さく》を練って値切ることはしないようで、エミリーは普通におじさんと話を始めた。

「うちのは鮮度が高くて味がいいんだ」

「確かに見た目はいいけどさ……もうちょっと安くならない？　例えばそっちのラスートを1袋買うから、合わせて小銀貨1枚とかどう？」

「いやいやお嬢《じょう》ちゃん、このラスートは1袋で銅貨9枚だぞ」

「まあまあ、ラスートも買うんだからいいじゃん」

「いやいや、それはさすがにうちが儲《もう》からねぇよ。そうだな……ミリテとラスートで小銀貨1枚と銅貨1枚ならいいぜ」

おじさんのその言葉を聞いて、エミリーはサビーヌおばさんを振り返った。するとサビーヌおばさんはその金額で納得したのか、鞄《かばん》からお金を取り出す。

「その値段でいいわ」

「毎度あり！」

おじさんは満面の笑みでお金を受け取ると、サビーヌおばさんが持っていた木を編んで作られた籠に、ミリテとラスートの袋を入れてくれた。

「やったー！　すっごく美味しそうなミリテだね」

エミリーはもうミリテに夢中だ。おばさんが持つ籠の中を覗き込んで、ニコニコと嬉しそうに笑っている。私もエミリーの横から籠の中を覗き込み、艶々《つやつや》と輝くミリテを見て自然と笑顔になった。

「歩きながら食べましょうか。火の月は畑の作物が収穫できるから、野菜を買うのも久しぶりね」

暖かい気候の今の季節は、1年で一番収穫量が多い時期なのだ。

かなり冷え込む水の月なんて、畑で育つものはほとんどないから、必然的に市場で食料を買うことが多くなる。でも水の月はスラムだけじゃなくて他の畑も収穫量が減るので、市場に並ぶ野菜も水の月に育つ決まりきったものばかりになり、あとは保存が利くポーツしか食べるものはない。

いつでも新鮮な野菜が食べられる日本の温室栽培は凄かったよね……今更《いまさら》だけど、日本って本当に快適な国だった。

この世界でも、土の女神様の加護を持つ人が植物魔法を使って実現できないのかな……と思うけど、今まで生きてきて聞いたことがないので、多分無理なんだろう。お母さんが畑仕事で魔法を使うところはほとんど見たことがないし。

「レーナ、どれを食べる？」

「うーん、私はこれにしようかな」

「あっ、それ私も狙《ねら》ってたやつ！　じゃあ私は……これにする！」

「2人とも決まった？」

私とエミリーが頷《うなず》いてミリテを1粒手に取ると、サビーヌおばさんも慎重に吟味《ぎんみ》して美味しそうな1粒を手に取った。そして3人で一斉にミリテを口に入れる。

口の中でぷちっと潰れたミリテから美味しい果肉が飛び出してきて……おおっ、これ当たりだ。かなり甘い。瀬名風花の記憶はこの味を酸《す》っぱいと認識してるけど、この世界でずっと生きてきたレーナからしたら、甘みが強い。

確かに酸味はあるんだけど、その中に甘みもあって、これは美味しいミリテだ。

「私の凄く甘いよ。当たりだったみたい！」

「私のもとっても美味しい」

「あら、母さんもよ。あのお店がよかったのかもしれないわね。ミリテのスープを作るのが楽しみだわ」

ミリテのスープか……私は2年ぐらい食べてないな。初めて食べた時は、とにかく美味しすぎて感動したのを覚えている。このミリテはエミリーの家のものだから、私は今回のスープを食べられないだろうけど、今度お母さんにお願いしてみようかな。2年ぶりの贅沢ぐらい、いいんじゃないだろうか。

「スープ楽しみ！」

「じゃあ早く帰りましょうか。スープを作るのなら鍋を確保しないとだもの」

それから私たちはミリテの美味しさについて語り合いながら、足を頑張って動かし早足で家まで帰った。

久しぶりの買い物は凄く楽しくて……でもスラム外の人たちと触れ合ったことで、ここから抜け出したい気持ちが前よりも強くなった。

どうやったらスラムから出られるのか、まずは情報を集めないとだよね。時間を見つけて市場に通ってみようかな。

そう決意して一瞬だけ後ろを振り返ると、もう市場は見えなかったけど、大きな街の外壁が存在感を放っていて、スラムから抜け出すことの難しさを示しているようだった。

市場へと買い物に出かけた次の日の早朝。ちょうど皆が起きて朝の準備を始めようと動き出していたその時、突然遠くから金属を打ち鳴らすような音が聞こえてきた。

「獣が出たぞ！　戦えるやつは森の方角に集まれ！」

その声が聞こえてきた途端《とたん》に、近所に住む男性たちは急いで木製の槍《やり》などを持ち、森に向かって駆けていく。もちろんお父さんとお兄ちゃんも例外ではない。

「ルビナ、レーナ、行ってくる！」

「気をつけてね。たくさんお肉を持ってくるのよ！」

「おうっ、任せとけ！」

獣が襲ってきた時は、怪我人《けがにん》が出ることもあって緊張感が漂うけど、それよりも皆は久しぶりにお肉が食べられると期待するのだ。

たまに森で仕事をしている途中に、獣を仕留めて持って帰ることもあるけど、それは本当に稀だ。数も少ないので、皆で分けたら一口分ほどになってしまうことも多い。

しかしこうして街を襲う獣は大体群れなので、全てを倒せるとかなりの量になるのだ。誰もが獣には警戒しているけど、待ち望んでもいる。

「なんの獣かな」

「今の時期だとリートの群れかしらね」

「やった。子供のリートもいるかな。子供の方が肉が柔らかくて美味しいよね」

「そうね。アクセルも分かってるから、子供を狙うはずよ」

お父さん、お兄ちゃん、美味しいご飯のために頑張って！　私は森の方に体を向けて、そう祈った。

肉の分配は基本的に平等だけど、仕留めた人や弱らせた人は他よりも多くもらえるのだ。

「レーナ、外で解体の準備が始まってると思うから、手伝いに行くわよ」

「もちろん。リートを吊《つ》り上げる縄《なわ》って確かうちが保管してたよね……あっ、これだ」

部屋の奥に置かれていた縄を持ち、急いで水場に向かった。獣の解体は水場でリートを吊り上げて、血が綺麗に抜けるようにして行うのだ。

瀬名風花の記憶からしたら、獣の解体をするとか絶対無理……って思うけど、そこは今までレーナとして生きてきた記憶がある。

嫌だなとは思うけど、強く忌避《きひ》する気持ちは湧《わ》いてこない。

ここでの生活は私を強くしてるよね……でも頑張って気にしないようにして耐えられてるってだけで、今までみたいに嬉々《きき》として解体に参加することはできないだろうけど。

やっぱりそこは、一度思い出してしまったら、前と同じには戻れないのだ。リートの解体を最前列で見て楽しんで、飛んできた血飛沫《ちしぶき》にキャッキャッて騒いでた頃に戻りたいよ……。

「縄を持ってきたよー」

「あっ、レーナの家で保管してたのね。ありがとう」

「さっそく解体台を組み立てるわよ」

「ええ、誰かそっちを持って、板を持ち上げて！」

「私が行くわ」

それからは、近所のお母さん方の連携が凄かった。私はまだ体が小さいのでそれほど役に立てなくて、縄を運んだり縛ったりと細々《こまごま》したことを手伝う。

解体台が出来上がった頃に、お父さんや男の人たちが大きなリートを運んで戻ってきた。あっ、2匹もいる！

「今回の群れは数が多くて、うちの地域で2匹になったぞ！　早く解体しよう」

「アクセル、ここに載せて！　もう1匹はどうしましょう。先に血抜きだけは済ませたいわ」

2匹もリートが来たことで皆は大騒ぎだ。リートは日本の獣に例えたら……大きな猪《いのしし》？　みたいな感じなので、2匹と言ってもかなりの量になる。毛皮も売れるし、肉は食べきれないほどになるだろう。

しばらくは肉三昧《にくざんまい》の食卓かな……ふふっ、楽しみだ。

「レーナ、凄いだろう？　肉がいっぱい食べられて背が伸びるな！」

邪魔にならないようにと遠くから解体を眺めていたら、ハイノという名前の近所のお兄ちゃんが私の近くに来てくれた。ハイノは私の頭をぐしゃっと撫《な》でると、嬉しそうな笑みを浮かべる。

ハイノは私の4つ上だけど、お兄ちゃんと同い年で仲がいいので、私も仲良しなのだ。本当の妹のように可愛がってもらっている。

「美味しそうだよね～」

「数日は腹一杯のリートが食えて、残った分は燻製《くんせい》にすればしばらく楽しめるな」

「いいね。燻製肉って美味しいよね」

「おっ、レーナも大人になったか？」

そういえば、レーナは燻製肉があんまり好きじゃなかったんだっけ。瀬名風花は大好きだったんだよね……あの独特の風味がとても美味しいと思う。燻製されたベーコンとか最高だ。

「私はもう10歳だからね」

「ははっ、10歳なんてまだ子供だぞ？」

「……そんなことないもん」

確かに10歳は子供だけど、一応は二桁《ふたけた》なんだし大人ということにして欲しい。成人した記憶がある身では、子供扱いをされるとなんだか悔《くや》しくなってしまうのだ。

「そうだなそうだな。でも本当に、レーナもあと数年でお嫁に行っちゃうのか～。ちょっと寂しいな」

ハイノは私の隣にしゃがみ込みながら、リートの解体をぼーっと眺めてそう言った。その横顔を盗み見てみたら……本当にどこか寂しそうな様子で、なんだか見てはいけないものを見てしまった気がしてすぐに目を逸《そ》らした。

「私がお嫁に行くのはまだ先だよ。それよりもハイノがお嫁さんをもらう方が先でしょ？」

「それもそうか。でもなぁ……まだ実感湧かねぇよ」

「……それならしばらくは独《ひと》り身でもいいいんじゃない？　20歳過ぎぐらいまでは1人の人も結構いるよね」

スラム街では、相手がいる人はかなり結婚が早いけど、そうでなければ意外と遅いこともあるのだ。まあ20歳頃の結婚が早いのか遅いのかは置いておいて……一応スラムでは20歳を超えたら晩婚《ばんこん》と言われる。

改めて考えたら20歳なんて全然遅くないじゃん、まだまだ人生これからだよ。

「レーナは相手、いるのか？」

「いないよ〜。まだ全然考えられないかな」

私の結婚相手はスラム街じゃなくて、できれば街中で見つけたいと思ってるからね。

ここで出会った人と結婚して、2人でスラムからの脱出を目指すのもありなのかもしれないけど、最初からスラムの外にいる人と結婚する方が絶対にハードルが低いと思う。できればそっちを狙いたい。

問題は、スラムの女ってことを差し置いてまで、嫁に欲しい魅力が私にあるかってことなんだけど……まあそこは、おいおい考えよう。なんとかなると……信じたい。

「レーナ、ハイノ、肉を焼き始めるみたいだぞ！」

「お兄ちゃん、今行く～！」

「ははっ、ラルスは肉が大好きだよな。いつもの3倍は目が輝いてる」

「お兄ちゃんは成長期だからね」

お兄ちゃんの様子に2人で顔を見合わせ笑い合ってから、私とハイノは肉を焼き始めた調理場に向かった。今は難しいことは考えずに、美味しいお肉を楽しもう。

2章　情報収集と行動開始

美味しいお肉を堪能《たんのう》して幸せに浸った数日が過ぎ去り、私たちの生活はいつも通りに戻っていた。

私が前世の記憶を取り戻してからは、もう5日……いや、6日が経っている。

そろそろ瀬名風花の記憶を取り戻してからの生活にも慣れたし、これから先のことを考えないといけない。

今の私の目標は、とにかくこの生活から抜け出すことだ。

前世の記憶を思い出して数日経てば、今の生活にも慣れて色々な酷い部分が気にならなくなるかな……なんて楽観的に考えていたけど、それは無理だった。

確かに虫が隣を這っていても叫ばなくなったし、ドブ臭い匂いに吐き気を催《もよお》すことはなくなった。チクチクと痛い板で寝ることもできるようになった。しかしそれはあくまでも我慢できるようになっただけなのだ。快適な生活を思い出してしまった今の私に、この生活を許容するという選択肢はない。

この生活から抜け出すまではなんとか耐えるけど、それはいつかは抜け出せると信じてるからこそだ。ここで一生暮らしてと言われたらおかしくなる自信がある。

というこどで、スラムから抜け出す方法を考えないといけないんだけど……まずはこの世界についての知識がなさすぎるんだよね。

スラムから抜け出したいと言ったって、具体的にどういう身分？　を目指せばいいのかも分からない。

多分そんなことはないだろうけど、もしかしたら街中の人たちも、スラムに住む私たちと同じような生活をしてるって可能性がなくはない。街中のことを何も知らない現状では、その可能性すら排除できないのだ。

だからまずは情報を手に入れたくて、その方法を考えないといけないんだけど……。

私が知りたい情報を知っている人に、全く心当たりがない。

今までお父さんやお母さん、近所のおじさんやおばさんたちから手に入れられた情報は、ここがスラム街と呼ばれる場所であること、街の中には市民権がないと入れないこと。そのぐらいだ。

私たちが住むスラム街が、どういう国のなんていう街の外にあるのかさえ誰も知らない。そんな情報は生きていく上で必要ないって言われたら、確かにそうなんだけどさ……皆も、もうちょっと向上心を持とうよ！

とりあえず街に入るには外門《がいもん》を通る必要があるらしいから、そこに行ってみるかな……今日の午後は皆で森に採取に行く予定だけど、早めに切り上げられないか話してみよう。

「レーナ、そろそろ終わりにするわよ」

「はーい」

お母さんに呼ばれて、畑の草むしりをキリのいいところで中断した。

立ち上がると、ずっとしゃがんでいたので腰に痛みが走る。痛みに耐えて、ぐいっと腰を伸ばす。

10歳にして腰痛に苦しんでるとか、貧しいと体を酷使《こくし》しないといけなくて辛い。

それから家に帰って焼きポーツを食べた私は、仕事を早めに終わらせて家にいたお兄ちゃんと一緒に、森に行く準備をした。

「レーナ、今日はソルを見つけような」

「うん。この季節は一番美味しいものが採れるんだよね。あとは何か果物があったらいいな。

カミュとか生《な》ってると思う?」

「そうだな。そろそろ収穫時期じゃないか?」

カミュとは、赤い小さな実が密集して生る果物だ。少し渋《しぶ》みがあるけど、甘みも強くてとても美味しい。今思えば、似てる味は葡萄《ぶどう》かな。

「そうだ。今日はハイノとフィルも一緒に行くらしいぞ」

「え～……」

「そんな嫌そうにするな」

お兄ちゃんは私の返答を聞いて、苦笑しながらそう言った。いや、ハイノが一緒なのは嬉しいんだけどさ、フィルは面倒なんだよね……。

私のことが気に入らないんだかなんだか知らないけど、いつも意地悪《いじわる》してくるし猪突猛進《ちょとつもうしん》って感じで暑苦しいのだ。

「はーい……」

「2人とも、気をつけるのよ」

「うん。行ってくるよ」

私とお兄ちゃんは、森で採取した糸になる植物を加工しているお母さんに見送られて、家を出た。

ハイノとフィルはご近所さんなので、家を出てすぐに合流した。

「2人とも、さっきぶりだな」

「おうっ、レーナは今日会ってなかったよな。おはよう」

「ハイノ、おはよう。……フィルも、おはよ」

「ああ、おはよう。しっかしレーナはいつ見てもチビだな。俺なんて最近急成長中なんだぜ！」

「……ふーん、そうなんだ」

毎回チビチビうるさいよ！　女子の方が背が低いのなんて当然だから！　それに背が伸びてるアピールも飽きたし！

私は心の中でそう叫んでいるけど、表に出すと面倒なことになるのは今までの経験で分かっているので、興味のないふりで適当に返答した。

「そういえばさ、この前のリートを倒した時、俺活躍したんだぜ！　俺の投げた槍がリートの足に刺さったんだ」

「凄いねー」

「だろっ？　俺のおかげでリートの動きが鈍くなったんだぜ！」

私に興味がないことなんてフィルは全く気づかないようで、リートを倒した時の自分の勇姿を語っている。

こういう、相手の気持ちを考えないで、自分の話をひたすら続けるところも好きじゃないんだよね……。

お兄ちゃんとハイノはフィルの様子を見て苦笑いだ。

やっぱり2人の方が大人だね。私って年上の方が一緒にいて楽しいなと元々思ってたけど、瀬名風花の記憶を思い出してからはそれが顕著になった。

フィルは私と同い年で10歳だけど、凄く幼く感じてしまう。

お兄ちゃんとハイノは14歳で、体も大きい方なのでまあ子供ではないかな……辛《かろ》うじてって感じだ。

やっぱり瀬名風花の記憶がある私としては、20歳を超えてるぐらいじゃないと大人だなとは思えない。

「フィル、そんなに喋《しゃべ》ってると疲れるぞ」

私が困っていることが伝わったのか、お兄ちゃんがフィルの口を止めてくれた。

ありがとうと心の中で感謝して、フィルから逃げるようにお兄ちゃんの隣に向かう。

「そうだ、今日の採取って少し早めに切り上げてもいい？」

「別にいいけど、何かあるのか？」

「うーん、特に用事ってわけじゃないんだけど、外門を見に行ってみたいなーと思って。ダメかな……？」

「なんで外門なんか見たいんだ？　中に入れるわけじゃないぞ？」

「それは分かってるけど、大きい門ってなんとなく凄そうだし」

「……まあ、そういうことならいいけど。でもあっちは危ない人も多いって父さんが言ってたし、俺も一緒に行く」

お兄ちゃんが言ったその言葉に、ハイノもすぐに頷いた。

「それがいいな。俺も特に予定はないし一緒に行く。外門の近くには、スラムの子供を攫《さら》いに街から来てる奴らがいるらしいぞ」

え、そんな怖い人たちがいるんだ……確かにスラムの人間なんて、いなくなったって誰も困らないし、住民票とかなさそうだから攫われた証明もできないし。子供がいなくなっても泣き寝入りするしかないのかな……。

そう考えたら突然周囲にいる人たちが怖くなって、無意識に自分の腕を擦《さす》った。

「ははっ、怖がらせてごめんな。1人で行動しなきゃ大丈夫だ。それに何かあったらすぐに声を上げるようにして、あとは人気《ひとけ》のないところに行かなければ、ほとんど危険はない」

「レーナ、俺が守ってやるぞ！」

「そっか……ありがと」

私はハイノのフォローとフィルの言葉で、強張《こわば》った体からなんとか力を抜いた。

とりあえず、怖いこともあるって知れただけよかった。ちゃんと気をつけて過ごそう。

「じゃあ今日は早めに採取を終えて、皆で外門を見に行くか」

「そうだな」

「おうっ！」

「皆、ありがと」

このあとの予定も決めた私たちは、少しでも採取に時間を取れるように森へ向かう足を早めた。

森での採取を終えて一度家に戻ると、ちょうど畑から帰ってきたエミリーと会ったので、エミリーも一緒に外門へ向かうことになった。

「私、外門って初めて見に行くよ！」

「私もだよ。ちょっと興味ない？」

「うん。今までは意識もしてなかったけど、言われてみればあの大きな壁にある門なんて気になるかも」

私とエミリーがそんな会話をしていると、お兄ちゃんとハイノ、フィルも楽しみなのか、頷いて同意を示してくれた。

スラム街で暮らしてると日々を生きていくのに精一杯で、娯楽って考えがないけど、やっぱり未知のものを見に行くのはドキドキするよね。

「外門ってどのぐらい遠いの？」

「家から森に行くのと同じぐらいらしいぞ」

「ならもう少しだな」

「なんか、俺たちが住んでるとこより人が多くなってきたな！」

フィルの言葉に辺りを見回すと、確かに家の密集度合いが上がってきた気がする。やっぱり外門の近くの方が、人がたくさんいるのかな。

「あっ、もしかしてあれじゃない？」

エミリーが指差した方向に視線を向けると、普段見ていた外壁に、いつもと違う部分があった。

「うわっ、思ってたより何倍もでかいな。あれって……全部鉄でできてるのか？」

「マジかよ。何個フライパンが作れるんだ？」

お兄ちゃんとハイノはそんな感想をまず抱いたらしい。

なんでフライパン？　と吹き出しそうになりながらも、確かにフライパンが何百個も作れそうだなと思ってしまう辺り、私もスラム街に染まっている。

門の正面に伸びている街道から全容を見てみると、一番目立つ大きな門の他に、普通に人が通れるサイズの小さな門が2つあるのが分かった。

この大きな門は基本的に開くことはなくて、あの小さな門が日常では使われてるんだろう。

「街の中ってどうなってるんだろう」

「俺たちは入れないんだよな？」

「……私、ちょっと聞きに行ってくる！」

せっかくここまで来たんだから、何も聞かずに帰るのは勿体《もったい》ないと思って、2つある門のうちの豪華じゃない方に向かってみた。

すると門の中には……兵士みたいな格好をした人たちが立っている。スラム街では絶対に手に入らない金属の槍を持っているようだ。

「市民権を、なければ銀貨1枚をお支払いください」

私が近づくと、怖い顔の兵士にそう声をかけられた。

市民権がなくてもお金があれば入れるんだ……でも銀貨1枚って、かなり高い。この前市場で買った布団が小銀貨2枚と銅貨5枚だ。その4倍もするなんて。

「あの、銀貨1枚払ったら、何度も街を出入り……できます、か？」

辛うじてなんとか知っていた丁寧語《ていねいご》で聞いてみると、兵士は嫌な顔をしながらも答えてくれた。

「いえ、毎回銀貨1枚が必要です」

「そうなんだ……」

「お嬢ちゃん、スラムの子だろう？　残念だけど、スラムの子は街中に入ることはできないんだ」

隣にいた人当たりのよさそうな兵士が教えてくれる。うん、そうだよね……知ってた。でも無理だってことを知るのも、一歩前進だよね。

「教えてくれてありがとう」

「いいってことよ」

「次の人が来たから退《の》いてくれ。――市民権をお持ちですか？」

「はい。持ってます」

「ありがとうございます。――確認できましたので通って構いませんよ」

私が門から退くと、スラム街の市場でお店を出しているのだろう男性が、兵士とやり取りをして中に入っていった。ここで会話を聞いてたら敬語を学べるな……今の少しのやり取りだけでも勉強になった。

でも私は歓迎されてないみたいだし、ここにはいられないかな。

「レーナ、突然行くなよ！」

「もう、驚いただろ？」

私が門から少しだけ距離を取ったところで、お兄ちゃんたちが駆け寄ってきてくれた。心配をかけてしまったみたいだ。

「ごめんね。本当に入れないのか聞いておきたくて」

「もう、驚くからやめてくれ。それで……入れるって？」

「市民権がないとダメで、ない人は銀貨1枚払えば入れるって」

「ぎ、銀貨1枚⁉」

金額にまず反応したのはエミリーだ。銅貨3枚のミリテがたまの贅沢なのに、銀貨1枚なんてあり得ないほどの金額だよね……。

「そんなに大金が必要なのかよ」

「そうみたい。だから私たちは入れないね」

「レーナ……元気出せよ。街の中に入れなくたって、楽しいことはたくさんあるぞ！」

フィルはそう言って私を励まそうとしてくれる。フィル、意外にいいところあるじゃん。

「ありがと。皆、付き合わせてごめんね」

「ううん。外門を見られて楽しかったよ」

「そうだな。こんなに大きいなんて予想外だったし」

私たちは皆で笑い合って、じゃあ夜ご飯になるし帰ろうかと、そう話して外門から歩き出した。

門の入り口は街道を渡った先にあったので、また街道を横切って私たちの家がある区画に向かう。

するとちょうど街道の中心に差しかかったその時——外門についている大きな鐘《かね》が、激しく打ち鳴らされた。なんだか焦燥感《しょうそうかん》を覚えるような音色《ねいろ》に、何が起こるのかと不安が湧き上がってくる。

「なんだ、何かあったのか？」

「なんか……怖いね」

「逃げた方がいいのか？」

音色の意味が分からずに街道で困惑していると、さっきの兵士が私たちの方に走ってきて、強く手を引かれた。

「お前たち、早く街道から退け！　騎士《きし》が来るぞ！」

「……騎士って、なんですか？」

「国に雇《やと》われた偉い方たちだ。とてもお強いんだぞ。貴族様もいる」

兵士からそんな話を聞きながら街道の脇に向かっていると、開かないと思っていた大きな門がゴゴゴ……と、腹に響く音を立てて開いた。

開いた門から見えた街の中は、スラム街と違ってとても整っている。

そんな街中の広場みたいなところにいたのは、鎧《よろい》を纏《まと》ったたくさんの騎士たちだ。騎士たちは、二足《にそく》で立つ恐竜みたいな動物に乗っていた。

「あの動物は？」

「ノークだ。乗りこなすにはかなりの鍛錬《たんれん》が必要だと言われてる。この数の騎士が一斉に出立《しゅったつ》するってことは、ゲートが現れたんだな」

「ゲート？　ってなんですか？」

兵士の話は知らないことばかりで、気になることが多すぎて、おうむ返しのように質問するしかできない。しかし兵士は意外にも優しく、そんな私のことを迷惑がらずに答えを返してくれた。

「ゲートは突然森の中や草原に出現して、魔物を排出《はいしゅつ》するんだ。ゲートの向こうには魔界が広がっているって言われてる」

「マモノ……って例えばどういう？」

「この世界にいる獣とは違う。魔力を持った、殺傷《さっしょう》能力の高い動物だ。火を吹いたり土を操ったりするヤツもいる」

魔物ってことか……そんな存在がいる世界だったなんて驚きだ。ファンタジーな世界だとは思ってたけど、私の予想以上なのかもしれない。

「行くぞっ、私に続け！」

「はっ！」

先頭にいる騎士が声をかけると、後続の騎士たち全員が声を上げた。

そしてノークという動物が一斉に駆け出して、街道の先へと凄い速度で走り去っていく。

「凄いな……」

そう呟いたのはお兄ちゃんだ。他の皆もポカンと口を開けたまま、騎士たちの走り去った方を見つめている。

「お前たち、もう行っていいぞ」

兵士にそう声をかけられて解放されたけど、皆はしばらく呆然《ぼうぜん》と街道を見つめていて動き出すことはなかった。

そのせいで夜ご飯に遅れたのは……まあ、仕方がないよね。騎士たちの出立には私もかなり興奮した。

やっぱりスラムからは抜け出したい。そしてこの世界のことをもっと知りたい。その気持ちがより強くなって、これから頑張ろうと改めて決意を固めた。

２日後の朝。朝食の準備をしていると、エミリーが近所の女の子たちを引き連れてきた。

「レーナ、騎士の人たちは凄くかっこよかったよね！」

外門を見に行ってから少し時間が経ってるのに、エミリーの興奮はまだ収まっていないようだ。

「うん。凄い迫力だったよ」

「そーなんだ！　どんな人がいたの？」

「うーん、どうだっただろう。顔はあんまり見えなかったんだよね」

全員が同じ兜《かぶと》を被ってたから、同じような印象しか残っていない。それに人じゃなくて、ノークに注目してたんだよね……。

「え～、私も見に行ったら会えるかな？」

「多分かなり運がよくないと見られないと思うよ。私たちは幸運だったの」

エミリーの言葉に残念そうな顔をする女の子たち。

今、うちの近所では、絶賛騎士ブームだ。男の子たちも、騎士になりたいとか兵士になりたいと、夢を語っているのを何度も聞いた。

その夢が叶う可能性が限りなく低いことを考えると、ちょっと悪いことをしたかなーと思っている。

多分今までの人生で、お母さんやお父さんから外門の話が出なかったのは、より豊かな生活を私たちに知らせない目的もあったんだと思う。

その事実に、外門から帰ってきてから気づいた。

私の前世の知識みたいに、知らない方が幸せってこともこの世にはたくさんあるからね……

まあ皆はまだ騎士を見て一時的な憧《あこが》れが強くなってるだけだから、大丈夫だと思うけど。

私はもう前世の記憶で、がっつり豊かな暮らしを知っちゃってるから、時間と共に諦めるなんてことはできない。どうにか街中に入れるように考えないと。

とりあえず市民権はないし、銀貨1枚を貯《た》めるのも現実的ではないことが分かったので、何か他の方法を見つけるしかない。

このスラム街で街との関わりがあるのは市場にお店を出している人たちだけだから、やっぱりそこを攻めるしかないかな……今日は市場に話を聞きに行ってみよう。

もしできるなら、どこかのお店で雇ってもらえたら最高だ。

私はこの世界の知識はほとんどないけど、数字と計算だけは日本と同じなので、前世の知識を活用できるのだ。

私の暗算技術が火を吹く時！　ってほど計算は得意でもないんだけど、この辺りにいる人たちの中では頭一つ抜きん出てると思う。

皆は、簡単な足し算引き算を間違えたりしてることもあるからね……私は二桁の計算ならさすがに間違えることはないし、暗算で素早く答えが出せる。掛け算も割り算もお手のものだ。

「レーナ、ポーツを茹でてちょうだい」

「もうやってるよー」

それからはいつものルーティンをこなして、午前中の畑仕事が終わってから素早く昼食をとって、市場に向かった。

午後はお母さんと一緒に保存食を作る予定なので、早く帰らないといけない。

情報を集めるにしても時間がないんだよね……もしどこかのお店で雇ってもらえることになったら、お金をもらえるなら家族は喜んでくれると思うけど。お金にならないことには厳しいのだ。

「いらっしゃーい。新鮮な野菜があるよー」

「服を新しくするなら、うちがおすすめだよ～」

市場に並ぶお店を観察しながら歩いていると、客引きの声がそこかしこから聞こえてくる。

どのお店がいいんだろう……情報を得るだけなら優しそうな人を選べばいいけど、雇って欲しいなら人手を必要とするお店を選ばないとだよね。

とりあえず、お店に人が２人以上いるところはダメだろう。

１人でやってるのにお客さんが多くて、忙しくしているお店。それに計算が大変な方がいいから、１人のお客さんがいくつも商品を購入するお店がいい。

そうなるとやっぱり食品を売ってるところかな。重さによって量《はか》り売りとかしてたらなおいいかも。

「いらっしゃいませ～。新鮮な野菜があるよ～！」

少しでもたくさんのお店を見て回ろうと駆け足で移動していたら、聞いたことのある声が耳に入った。

足を止めて視線を向けると、そこにいたのは、数日前にエミリーたちとミリテを買ったお店のおじさんだ。

おじさんって1人でお店をやってたんだ。さらに目に入るだけでも、３人のお客さんが商品を見ている。

お会計は……あっ、ちょっと手間《てま》取《ど》ってるっぽい？　黒い板に白いチョークのようなもので数字を書いて、必死に計算してるみたい。

――もしかしたらおじさんのお店って、私の条件にピッタリと合うんじゃないだろうか。雇ってくれるのならこういうお店だ。とりあえず、話をしてみようかな。

そう決めたところでお客さんの波が収まるのを待ち、タイミングを見計らっておじさんに近づいた。

「こんにちは」

「いらっしゃい！　お？　お嬢ちゃんは……確かこの前ミリテを買ってくれたよな？　今日は1人か？」

「覚えててくれたの？」

「ああ、随分と嬉しそうだったからな。今日は何が欲しいんだ？」

「実は今日は買い物じゃなくて……おじさんのお店で私を雇ってくれないかなーと思って来たんだけど」

おじさんの反応を窺《うかが》うように顔を覗き込むと、私の言葉をおじさんは理解できなかったのか、ゆっくりと首を傾《かし》げた。

「雇う……？」

「そう、あの……私って計算が凄く得意なの。だからおじさんの力になれると思うんだけど」

「すみません。そこのミリテを1籠とポーツを3つ、それからラスートを2袋もらいたいんだけど」

話をしていたら、さっそく大量注文のお客さんだ。

「お、おう。ちょっと待ってな」

とりあえずお客さんの対応をしようと思ったのか、おじさんは私のことを放って、言われた商品を1カ所に集めて黒い板に値段を書いていった。

ミリテが1籠銅貨3枚で、ポーツが1つ小銅貨8枚、ラスートが1袋銅貨9枚だ。ポーツが3つで銅貨2枚と小銅貨4枚、ラスートが2袋で銅貨18枚だから、全部足すと銅貨23枚と小銅貨4枚。銅貨は10枚で小銀貨1枚だから……

「小銀貨2枚と銅貨3枚と小銅貨4枚だよ」

すぐに頭の中で計算をして教えると、おじさんはギョッと目を剥《む》いて私を凝視《ぎょうし》した。しかし信じられないのか、黒い板で何度も間違えながら計算をして、かなりの時間を要して私と同じ答えを導く。

「毎度あり～」

「はい。いつもありがとね～」

お客さんが商品を受け取って帰っていくと、おじさんは黒い板と私の顔を何度も交互に見つめてから口を開いた。

「本当にさっきは、板も使わずに計算したのか？」

「うん。合ってたでしょ？」

「ああ……お嬢ちゃんはスラムの生まれだよな？　どこで計算なんて習ったんだ？」

「まあそれは……スラムにはいろんな人がいるから。たまたま計算できる人がいて教えてくれたの」

咄嗟《とっさ》に考えた理由を信じたのか、おじさんは感心した様子で頷いた。

「それで、私を雇ってくれない？」

「お嬢ちゃんはこの店で働きたいのか？」

「おじさんのお店でというか、街の中に住んでる人のお店で働きたいの。スラムから抜け出せるチャンスができるだけ多い場所にいたいだけ」

「あぁ……そういうことか。確かにスラムの中じゃ市場が唯一《ゆいいつ》街中と繋がってるもんな。嬢ちゃん、よく考えてんだな」

おじさんは感心したようにそう呟くと、難しい表情で考え込んでしまった。やっぱり私を雇うのは無理なのかな……スラムの子供なんて、身分も証明できないもんね。

「難しい？」

「いいや、俺だと判断できないんだ。嬢ちゃんほどの能力があれば、スラムの子供ってことを差し置いても……もしかしたら許可が下りるかもしれないが」

「え、このお店っておじさんのお店じゃないの!?」

てっきり市場のお店は店主の個人店だと思っていたので、雇い主がいるような発言に驚いて声を上げてしまった。

するとおじさんはすぐに頷く。

「俺の店ではないな。ここはロペス商会のスラム街支店だ。そして俺はロペス商会で雇われている下っ端《ぱ》だ」

「そうなんだ……」

下っ端じゃ人を雇っていいのかを現地で判断できないよね……声をかける人を間違えたかも。個人店の方が絶対に雇ってくれる可能性は高いだろう。

「なんだ嬢ちゃん、急に勢いがなくなったな」

「だっておじさん下っ端なら、私を雇えないと思って」

「ああ～、まあ、そうだけどよ。でも、今日帰ったら聞いてみるぐらいはできるぜ。ギャスパー様は懐《ふところ》の深いお方だからな、可能性はあるかもしれない。有能な奴なら身分は気にしないお方なんだ」

「ギャスパー様って、商会の偉い人？」

「おう、商会長だ」

おお～、商会長。ということは、このおじさんは商会長に直談判《じかだんぱん》できるぐらいには地位があるってこと？

いや、でもさっき下っ端って言ってたから、ロペス商会は下っ端も商会長と話ができるぐらいの規模なのかもしれない。まだ新しい商会なのかな。

「じゃあ、話をしてみてくれない？　計算が凄く得意なスラムの子供がいますって。給料は安くてもいいから。なんなら現物支給でもいいよ。1日でポーツ1個とか」

まずは給料なんてもらえなくても繋がりを作ることが大事だと思ってそう告げると、おじさんはあり得ないと思ったのか、怪訝《けげん》な表情を浮かべた。

「それはさすがに安すぎるだろ」

「うーん、でもポーツを1つもらえれば、スラムに住む私たちにとっては、かなりありがたいよ？」

お父さんが1日働いて稼げる金額だって、ポーツをいくつかの時があるらしいから。たまにいい木が取れると、ラスート1袋ぐらいの収入になったりするみたいだけど。

「そうなのか……？　まあ、分かった。一応その通りに伝えてみる。期待はするなよ」

「分かってる。明日もここにお店を出してるよね？」

「ああ、いつでもいいから結果を聞きに来い」

「うん。おじさん、よろしくね」

「任せとけ。あと俺はおじさんじゃなくてお兄さんな？　それと名前はジャックだ」

おじさんは……いや、ジャックさんは、ムッとしたように私に名前を教えてくれた。

お兄さんって強調するってことは、意外と若いのかな。

スラムでは30歳を超えるとおじさんって呼ぶのが普通だから、そう呼んだんだけど……まさかの20代？

「ジャックさんね。私はレーナだよ。10歳。ジャックさんは20代後半ぐらい？」

そんなに若くは見えないけど、お兄さんと強調するぐらいだし、そう聞いてみたら、それでも実際より年上に見ていたらしい。

「俺は24歳だ。まだまだ若いんだからな」

「24歳……本当？」

「本当だ。なんで俺はいつも老《ふ》けて見られるんだ」

いや、その見た目は老けてるよ……でも確かに言われてみれば、顔の肌つやは悪くないのかも。

老けて見える原因は、ボサボサの髪型と、全く手入れされてなくて乾燥しきった指先。それからヨレヨレの服装かな。一番は何よりも髪型だと思う。

「髪の毛をさっぱり切ったらいいんじゃない？」

「やっぱりそうなのか？　面倒で1年以上放ったらかしなんだよな」

ジャックさんは濃い青色の髪を後ろで適当にまとめている髪型だ。

別に長髪《ちょうはつ》が悪いわけじゃないんだけど……うん、やっぱり手入れをしてなさすぎるのが悪いと思う。なんかモサモサパサパサしてる。

私も手入れなんてできないから、あんまり人のことは言えないんだけどね。

「とりあえず、櫛《くし》を持ってるなら明日持ってきて。私が梳《と》かしてあげる」

あわよくば私も櫛を使わせてもらえないかなと思って提案すると、ジャックさんは素直に頷いて、安い櫛を買ってくると約束してくれた。

やっぱり街中に住んでると違うね。スラム街じゃ櫛なんて欲しくても手に入らないもん。

お父さんに頼めば作ってくれるのかもしれないけど……細かいものは作るのが大変だろうし、嗜好品《しこうひん》にそんな労力はかけられない。

「じゃあ、また明日な。いい結果を期待してろよ」

「うん。私の将来はジャックさんにかかってるからね！」

「そう言われるとプレッシャーだな」

「大丈夫大丈夫。ダメでも私が数日落ち込むぐらいだから」

「大丈夫なのか？　まあいいや、とにかく頑張ってみる。じゃあレーナ、また明日な」

「うん！　またね」

こうして私はとりあえずの成果を上げて、市場をあとにした。この世界で初めて聞いた街中の話にテンションが上がり、帰りの足取りは凄く軽かった。

＊＊＊＊＊

暗くなってきたところで今日の店は終わりにして、手早く荷物を片付け、荷車《にぐるま》を引いて外門に向かった。

市民権を証明するカードを見せて中に入ると、もうすっかり空は暗い。

「今日は話があるから早く帰らねぇと。ギャスパー様がいなかったら、本店で働く先輩たちに話せばいいよな」

それにしても、面白い女の子だったな……レーナだったか。ギャスパー様がどんな反応をされるか楽しみだ。あの計算能力は本当に凄かった。

俺としては、働いてくれたらありがたいんだが。俺は計算が苦手なんだ。

レーナのことを考えつつ門前広場を抜けて大通りに入り、人の流れに乗って街中を進んでいく。ロペス商会はまだ新興の商会だから、外壁の近くに本店があるが、大通りに面したいい立地だ。

こんなに立派な商会に雇ってもらえたなんて、俺も運がいいよな。ギャスパー様には感謝してもしきれない。

そこかしこに魔道具の光花が設置されている大通りを進んでいくと、一際《ひときわ》明るい建物が目に入った。ロペス商会の本店だ。

街中の店舗はまだしばらく開いているので明るくて、お客さんも大勢いるのが見える。

そんな様子を横目に裏口に回り、荷物を下ろして裏口のドアを開けた。

「ただいま戻りましたー」

「お、ジャックお疲れ。今日はどうだった？」

ちょうど休憩中だったようで、同僚《どうりょう》の１人が俺に気づいて話しかけてくれる。

「今日もかなりの売れ行きだったぜ。ただギャスパー様に一つ報告があってよ、今日はいらっしゃるかな？」

「そうなのか？　ギャスパー様なら確か、さっき商談から帰って、商会長室にいると思うぞ」

「そうか。じゃあ、ちょっと行ってみる」

荷物を片付けてから、２階の商会長室に向かった。ドアをノックすると中から声が聞こえる。

「ジャックです。ご報告があるのですが……」

「入っていいよ」

「ありがとうございます。失礼します」

快《こころよ》い返事をもらったのでドアを開けると、ギャスパー様は机に向かって何か書き物をしていた。いつも忙しそうで凄いよな。

「どうしたんだい？　何か問題でも起こったかな？」

「いえ、そうではないのですが、スラムの女の子が1人お店に来まして、雇って欲しいと売り込んできたんです」

「――ほう、面白いね」

ギャスパー様は手を止めると、楽しそうな笑みを浮かべて俺を見上げた。

「少女は計算が得意なようで、確かに複雑な計算を一瞬でこなしていました。雇えるかどうかはギャスパー様に確認すると伝えたのですが……給料はポーツ1つの現物支給でいいから、雇って欲しいそうです」

「……その少女はなんで働きたいのか言っていたかい？」

「スラムから出るチャンスが少しでも多い環境にいたいとか」

ギャスパー様は俺の言葉を聞いて、何度か納得するように頷くと、1枚の紙を取り出してペンを走らせた。

「明日、この契約書にサインをもらってきなさい。その少女を雇うとしよう。少女の名前は？」

「本当ですか！　レーナと言っていました」

「レーナだね。６の刻から８の刻までで、報酬は１日銅貨１枚でいいかな。あとは今後の働きを見て考えると伝えてくれるかい？」

「かしこまりました！　あの、ありがとうございます！」

感謝すると、ギャスパー様は意味深《いみしん》な笑みを浮かべて頷いた。

「たった銅貨１枚で有望な才能を雇えるのなら、拒否する理由はないよ。もし凡才だったとしても、銅貨１枚ならば痛手《いたで》はない。ジャック、いい人材を連れてきてくれてありがとう」

「い、いえ、お役に立てたのであればよかったです！」

ギャスパー様は優しい方だけど、厳しい面もあるんだよな……だからこそ、立ち上げて数年にしてロペス商会はどんどん力を増してるんだろうけど。雇い主としてはこれ以上ないほどに頼もしい。

「しばらく一緒に働いて有能な少女だと思ったら、一度ここに連れてきてくれるかい？入街税《にゅうがいぜい》はこちら持ちでいいから」

「かしこまりました。私が見極めさせていただきます」

「楽しみにしているよ」

まだ少ししか話してないけど、レーナならここに連れてくることになるだろう。スラムから抜け出したいって言ってたし、絶対に喜ぶはずだ。

喜ぶレーナの顔を思い浮かべて、自然と笑顔になった。

＊＊＊＊＊

「計算が得意なスラムの少女か……」

ジャックからレーナという少女の暗算した内容を聞くと、本店の従業員と同じレベルの計算能力だった。

ジャックが嘘をつくとは思えないし、本当にその内容を一瞬で暗算したのなら思わぬ掘り出し物だ。

スラム街にも才能のある者がいるんだな……。

「これからはスラムの人材にも目を向けるべきかもしれない」

有能な人材が眠っているのなら、掘り起こされていない金鉱脈と一緒だ。一番に手を出せば大きな利益を生むだろう。

スラム街支店は下っ端の訓練のためだけにやっていたが、もっと力を入れてもいいかもしれないな。

とりあえず、レーナの動向に注視しておこう。ジャックが連れてきたら、能力を見極めるとしようか。

私はこれからの利益を見越して、自然と笑顔になった。

3章　初めての職場

ジャックさんと話した次の日。昼の時間を活用して市場に向かうと、ジャックさんが明るい表情で声をかけてくれた。

「レーナ、やっと来たか！」

「ジャックさんおはよう！　どうだった……？」

「雇っていいって言われたぞ！　昨日本店に行って、ついでにレーナのことを伝えようと思ったら、ちょうどギャスパー様がいてな、俺の話を聞いてくれたんだ。そうしたら、面白そうだから雇っていいってさ！」

ジャックさんは、自分のことのように嬉しそうに報告してくれる。この人、凄くいい人じゃん。

私は人選が間違っていなかったことを実感して、よくやったと心の中で自分を褒めた。

「ジャックさん、本当にありがとう。どういう契約になったのか聞いてもいい？」

「ああ、契約書をもらってきた」

そう言ってジャックさんが取り出した紙には、ところ狭しと文字が書かれている。この世界でこんなにたくさんの文字は初めて見た……！

「もしかして、ジャックさんって文字を読めるの⁉」

「ああ、商会で雇われた時に教えてもらえたからな。だから俺が読み上げてやる」

「ありがとう！　あと申し訳ないんだけど……私に文字を教えてくれない？　空いてる時間だけでいいから、お願い！」

私はこの国の文字をほとんど読めないのだ。市場で使う数字や、一部の商品の名前をなんとなく判別できる程度にしか読めない。

文字を教えてもらいたいと思っていても、誰も扱える人がいなかったんだよね……ジャックさんは救世主だ。

昨日は老けてるとか思ってごめん。今はすっごく輝いて見えるよ！

「レーナは文字を習いたかったのか」

「うん！　少しずつでいいから、教えてくれたら嬉しいな」

「まあ、時間がある時ならいいぞ。俺も教えたらより深く理解できるようになるしな」

「ジャックさん……本当にありがとう！」

感動で瞳を潤《うる》ませながら感謝すると、ジャックさんは少しだけ頬を赤くして照れたように頭を掻《か》いた。

「いいってことよ」

「あとさ、ジャックさんって丁寧な言葉？　例えばギャスパー様と話す時に使う言葉とか、そういうのって使いこなせる？」

「敬語のことか？　それはもちろん使えるけど」

「敬語！　それも教えて欲しいの。お願いします！」

思わずガバッと頭を下げてお願いすると、ジャックさんはギョッとしたように目を剥いて、それから慌《あわ》てて私の頭を上げさせた。

「頭なんて下げるなよ。というか、そんなのどこで覚えたんだ？」

「あっ、えっと……門で兵士の人がやっていて」

「それは貴族様でも来てたんだろ。俺にしたら目立つからやめてくれ」

「分かった。気をつけるよ」

頭を下げるのは一般的な動作じゃないのかな。貴族様にってことは、身分差がかなりある時だけなのかも。あんまり深くは下げないようにしよう。

「それで、敬語を教えるんだったな。別にそれも構わねぇよ。それにしても、レーナはここで生まれ育ったんだろ？」

「そうだよ」

「ここまで情報を集めて向上心があるのはすげぇな」

「ありがとう。自分で動かないと環境を変えられないからね」

拳を握りしめて、これから頑張ろうと気合を入れていると、ジャックさんは私の頭を優しく撫でてくれた。

「じゃあ、俺も頑張って教えてやるよ。今は契約書を俺が読むのでいいか？」

「うん。お願いします」

それから空いた時間で契約書を読んでもらうと、とりあえず私の勤務は毎日6の刻から8の刻までらしい。

そして給料は、1日で銅貨1枚だそうだ。

「ジャックさん、6の刻って具体的にはいつ？」

「あ、そういえば時計がないんだったな。鐘も聞こえないし時間を知らねぇのか」

ジャックさんの反応で、この国にも時計があることが分かった。学ばないといけないことがたくさんあるね……凄い、わくわくする。

「それも教えてくれる？」

「まあいいけど……何も知らねぇ奴に教えるのは大変だな。時間がある時に教えるから、今日は勘弁《かんべん》してくれ。とりあえず、6の刻は日が一番高い時だ。そこから7の刻、8の刻って時間は過ぎて、9の刻が日が沈むぐらいの時間だな。だからお前は日が沈むより1刻前に仕事が終わりになる」

うぅ……日本の時間感覚とかなり違うみたいだ。これは慣れるまで大変そうかも。とりあえず、お昼から夕方までは仕事って覚えておこう。仕事の開始に遅れなければいいよね。

「じゃあ明日から、日が一番高い時間にはお店に来るよ」

「ああ、そうしてくれ。給料は毎日俺が手渡しすることになってるから、帰りに渡すぞ」

「ありがとう。銅貨1枚だよね」

ポーツ1つの現物支給でもいいって言ったことから考えたら、銅貨1枚はかなりありがたい金額だろう。毎日それだけもらえたら10日で小銀貨1枚になる。

うちの生活がかなり楽になるよね……お母さんとお父さんは喜んでくれるかな。

「じゃあ最後に、契約書にサインをして欲しいんだが。お前の名前の書き方を教えるから、真似してここに書いてくれるか？」

「もちろん！」

自分の名前の文字が分かるので嬉しくなり、食い気味に頷いた。

するとジャックさんは苦笑しつつ、黒い板に短い文字を書いた。私には模様にしか見えないけど……これがレーナって意味なのか。

「これだ。このペンを使ってここに書いてくれ」

「うん」

ペンはインクをつけて書くタイプのもので、この契約のために商会から借りてきたんだそうだ。

絶対に壊さないようにと注意して、久しぶりの文字を書いた。

「……これでいい？」

「ああ、凄いな。なんで最初からそんなに上手くペンが持てるんだ……？」

「上手かった？　まあ、たまたまだよ。それよりもこれで契約完了だよね！」

「おう、今日からは同僚だな」

そっか……同僚か。凄く嬉しい、嬉しすぎる。スラム街から抜け出す第一歩を、確実に踏み出せた気がする。これから頑張ろう。

「ジャックさん、これからよろしくね」

「ああ、こちらこそよろしくな」

優しい笑みを浮かべてくれているジャックさんと、固く握手を交わした。

さっそく家に帰って皆に報告しよう。そう思ってジャックさんに別れの挨拶《あいさつ》をしようとすると、慌てて引き留められた。

「ちょっと待て、昨日言ってた櫛を買ってきたんだ」

そういえば、そんな話をしたっけ……雇ってもらえたことが衝撃すぎて忘れていた。

ジャックさんが取り出した櫛を見てみると、木製のシンプルなものだ。

しかし私の生活にはない、プロが作った商品で、なんだか感動してしまう。恐る恐る櫛を手に取ると、しっかりと磨かれているからか、とても手触りがよかった。

レーナとしての10年間は、こういうものとは本当に縁がなかったよね……。

「これ、凄くいい櫛なんじゃない？」

「いや、そんなことはないぞ。小銀貨2枚で売ってたんだ。あとはこれも買ってきた。髪につけると髪の質がよくなるんだってよ。木製の櫛がこの液体の成分を吸収して、櫛が育つ？　とかって聞いたぞ」

そう言ってジャックさんが取り出したのは、瓶入りの液体だ。

街中では瓶が普通に使われてるっていうことと、整髪料まで追加で買ってきたジャックさんの財力に感動する。

ジャックさんって、ちゃんと商会に雇われてるから給料もいいんだろうな……ジャックさんに声をかけた私、本当に最高の選択だったよ。

「これをつけて櫛で髪を梳かせばいいんだね」

「おう、やってくれるか？」

「もちろん！　でもさ、今日は昨日よりも綺麗なんじゃない？」

「そうか？　あっ、昨日は髪を洗ったからじゃないか？　いつもは面倒で、たまにしか洗わないからな」

「えぇ〜、毎日洗いなよ」

私なんて水の女神様の加護を持ってるおじさんに頼んで、皆に不思議がられながらも毎日髪を洗っている。汚れてないし、たまにでいいじゃんって言われるけど、毎日洗わないと痒《かゆ》くなるのだ。

「面倒なんだよなぁ」

「でも商売は見た目も大事だから、綺麗にすれば売り上げが上がると思うよ」

「そうなのか？」

「そうだよ。ロペス商会の人たちだって身綺麗にしてるでしょ？」

「そう言われてみれば……そうだな。でも俺はスラムの支店担当だぞ？」

「それでも商会に顔を出すんだから、綺麗にしとかないと」

私の言葉に、ジャックさんはまだ少し首を傾げつつも頷いてくれた。

ジャックさんの地位が上がれば私にもいいことがあるかもしれないし、これからはジャックさんをできる限り変身させよう。ついでに私の身支度《みじたく》を整えてもいいよね。同じお店で働くんだし。

「そこに座ってくれる？」

「ああ、お願いするぜ」

瓶に入っている整髪料は、柑橘《かんきつ》系のいい香りがしてトロッとした質感だった。少しだけ手のひらに出してジャックさんの髪につけると、見違えるほどに輝いて髪が綺麗になる。

「これ凄いかも……」

櫛で梳かしていくと、日本でしっかりと手入れをしていた瀬名風花の髪みたいになった。

この整髪料、いいものなのかな。

この世界って、スラム街の生活レベルは地を這ってるけど、街の中は日本より優れた文明があったりするのかもしれない。精霊魔法がある世界だし、日本とは別の発展をしている部分があってもおかしくないよね。

「綺麗になるか？」

「うん。この整髪料凄いよ」

「なら買ってよかったな」

綺麗に梳かして最後に紐《ひも》でまとめると、ジャックさんはかなり若返った。

というかジャックさんって、ちゃんとしたらかなりイケメンじゃない……？　爽《さわ》やかな塩顔イケメンというよりも、彫《ほ》りが深いいわゆる醤油《しょうゆ》顔イケメンだ。

うわぁ、ここまで見違えるとは予想外だった。

「どうだ？」

「ジャックさん、絶対にちゃんと髪を整えた方がいいよ。かなり若く見えるし、凄くかっこいい」

本心からそう伝えると、ジャックさんは照れたのか少しだけ顔を赤くしながら、手のひらで首の後ろを撫でた。

「ありがとな。じゃあお礼に、レーナの髪もやってやるよ」

「本当!?　ありがとう！」

この世界で初めてお洒落《しゃれ》をできるのが嬉しくて、思わず満面の笑みになってしまう。

「座らない方がやりやすいよね？」

「そうだな。向こうを見て、少しじっとしててくれ」

ジャックさんに背中を向けるような形で立つと、ぎこちない手つきで髪を撫でられたのが分かった。整髪料をつけてくれているみたいだ。私にも惜しみなく使ってくれるなんて、本当にいい人だよね。

「こんな感じでいいのか？」

「うん。最初は少なめから試してみるのがいいんじゃないかな」

「じゃあこんなもんだな。梳かしていくぞ」

「よろしくね。……うっ、ちょっとジャックさん、絡まってるところは痛いから、髪の毛を掴んでやって欲しいかも」

遠慮なく絡まった部分に力を入れられて、かなりの痛みに涙が滲《にじ》む。

髪の毛を櫛で梳かすこと一つ取っても、慣れてないとできないんだね。日本での知識なんて全く役に立たないと思ってたけど、思わぬ知識がこの世界で役に立つことがあるのかもしれない。

スラム街の子供から逸脱《いつだつ》しないように気をつけないと。誰かに目をつけられて、平穏な生活ができなくなるのは本意じゃないから。

あくまでもスラム街の中では優秀だよねぐらいを狙って、脱出を目指すのだ。

「ごめんな。こんな感じか？」

「うん、ありがと。街の中には自分の顔を映せるものってあるの？　水に映るみたいに」

「ああ、鏡か？　もちろんあるぞ」

この国での鏡って単語は、そういう発音なのか。ジャックさんと話してるといろんな言葉を知ることができて、本当に勉強になる。

「そんなに高くないもの？」

「いや、鏡は割と高いな。まあ買えなくもないって感じだ」

「そうなんだ。一度でいいから街の中に入ってみたいなぁ。ここにはないものがたくさん売ってるよね」

「スラムにはここで売れるものしか持ってこないからな。でもレーナは、近いうちに街の中に行けると思うぞ？」

街の中に行ける……って、私が⁉

「それどういうこと⁉」

ジャックさんの言葉に驚いて、髪を梳かされてることも忘れて後ろを振り向いた。

「レーナ、動いたら綺麗にできないぞ」

「あっ、ごめん。でも街中に行けるかもしれないなんて、驚いて……」

「少し様子を見てレーナが有能だったら、一度本店に連れてきてくれってギャスパー様が言ったんだ」

そんなことを言ってくれる人だなんて……ギャスパー様、めっちゃいい人じゃん！

「入街税はギャスパー様が払ってくれるってよ」

「私……お仕事頑張るね！」

有能だと思ってもらえるように精一杯頑張ろう。計算ができるだけじゃなくて、何かロペス商会に益があることを示した方がいいかな。

「おお、頑張れよ。……よしっ、こんなもんか？」

ジャックさんが梳かしてくれた、まだ結んでいない髪を触ってみると、さらさらと流れるような質感になっていた。

「凄いね……ありがとう」

ごわついていた髪が綺麗になったことが嬉しくて、頬が緩《ゆる》んでしまう。

スラム街での暮らしに美は求めないって諦めてたけど、やっぱり自分が綺麗になると嬉しいな。

「見違えたぞ。じゃあ綺麗になったところで、明日から頑張ってくれ」

「うん！　また明日……6の刻だっけ？　日が一番高い時間に来るね」

「ああ、待ってるぞ」

私はジャックさんに手を振って、急いで自宅の小屋に向かって駆け出した。すぐに帰る予定がかなり長く話してしまったので、お母さんが怒ってるはずだ。

帰ったらまずはお母さんに話をして、夜にはお父さんとお兄ちゃんに説明しないと。皆がどんな反応をするかちょっと怖いけど……報酬をもらえるんだし喜んでくれるよね。

家まで駆け足で帰ったら、家の前のテーブルに腰掛けたお母さんが、怖い顔で私を迎えてくれた。

「レ～ナ～、どこに寄り道してたの⁉　仕事はたくさんあるんだから、サボっちゃダメじゃない！」

うぅ……やっぱり怒ってる。いつもなら畑仕事をしてるか、家で手仕事をしてる時間だもんね。

「ごめんなさい……でもサボってたわけじゃないの。お仕事を手に入れてきたんだよ？」

「仕事を手に入れたって、どういうこと？」

しおらしく謝りながら仕事のことを伝えると、お母さんは思わぬ返事に怒りが消えたのか、不思議そうに首を傾げた。

「市場にたくさんお店があるでしょ？　その一つで雇ってもらえることになったの。日が一番高い時間から日が沈む少し前までで、銅貨1枚くれるんだって」

「……レーナ、嘘はよくないわよ」

「嘘じゃないって！　本当に雇ってくれたんだから。ジャックさんって人でね、ロペス商会のお店なんだって」

私が具体的な名前を出すと、適当な話じゃないと信じてくれたのか、お母さんは真剣な表情を浮かべて靴を直していた手を止めた。

「でも、市場のお店は、スラムの人間なんて雇ってくれないでしょう？　レーナみたいな子供は尚更《なおさら》よ」

やっぱり普通はそうなんだ……私はジャックさんとギャスパー様の懐の深さに救われたね。

「それが運よく雇ってくれたんだよ。あのね、私……実は計算が得意なの。それで使えるからって雇ってくれるんだって」

「計算って、お金を数えることよね？」

「そう。お店で買い物をする時に損しないように、お母さんが色々と教えてくれたでしょ？自分では気づいてなかったけど、他の人よりも計算が早くて正確なんだって。才能があるって言われたよ」

変に思われないように色々とぼかしつつ説明すると、お母さんは途端に表情を明るくした。

「お店の人が、あなたに才能があるって言ったの？」

「そう言われたよ。だから雇ってくれるって」

「まあまあああまあ、なんてことなの。レーナ凄いじゃない！　まさかそんな才能があったなんて。1日で銅貨1枚もらえるんだったわね？」

「うん。日が高い時間から沈む少し前までだって」

「お昼ご飯から夜ご飯の間だけで、銅貨1枚も！　子供にそんなにたくさんのお金をくれるなんて凄いわ。レーナ、明日はお母さんも挨拶に行くわね！」

自分の子供に才能があり、お金を稼げるって事実を認識したのか、お母さんは椅子から立ち上がると、「どうしましょう」と嬉しそうにウロウロしている。

好意的に受け止めてもらえてよかった。

「お母さん、明日からはお昼ご飯のあとの仕事、できなくなるけどいいの？」

「もちろんいいわよ！　そこはお母さんが頑張るわ！」

「お母さん、ありがとう」

「アクセルとラルスにも話をしないとね。これから忙しくなるわよ。明日はアクセルも一緒にお店に行ってもらおうかしら？」

「うーん、どうなんだろう。お父さんは仕事があるならいいんじゃない？　今度時間がある時にでも」

「確かにそうね、そうしましょう」

お母さんはテーブルの上に広げていたものを手早く片付けると、私が着ている服を上から下までじっくりと眺めた。

「お店で働くには古すぎるかしら？　この前トイレに落ちた服よね？」

「うん。やっぱりダメかな？」

「そうね……もう1つの服があるわよね。そっちを綺麗に直しましょう。あら、レーナの髪の毛、なんだか綺麗じゃない？」

「ジャックさんが整髪料と櫛で綺麗にしてくれたの。お店で働くなら、綺麗な方がいいからって」

その言葉を聞いて、髪の毛に触れたお母さんは、羨《うらや》ましそうな表情で私の髪を眺めた。

「凄いわね〜」

「整髪料をつけたら、すぐ綺麗になったんだよ」

「街の中には素敵なものがたくさんあるのね」

やっぱりお母さんも、スラムに暮らしてるから色々と諦めてるだけで、綺麗になりたいとか快適な暮らしがしたいとか、そういう望みはあるのかな。

……お金を貯められたら、ジャックさんに街中で櫛を買ってきてもらうように頼んでみるのもありかも。

あっ、そういえば、街の中に行けるかもしれないんだっけ。それなら、その時にお土産《みやげ》として買ってこようかな。

「レーナ、服を直すから手伝いなさい。確かこの前に作った糸があったわよね」

「うん。持ってくるよ」

「お願いね」

それから私は、張り切ったお母さんと共に服のほつれを直したり、シミになっている部分に綺麗な布を貼《は》りつけたり、汚れを頑張って洗って落としたりと、服を整えるのに精を出した。

そのおかげでお父さんとお兄ちゃんが帰ってくる頃には、ここでは上等な部類に入る綺麗な服が仕上がっていた。

「上出来ね」

「うん。凄く綺麗だよ」

「これを着てお仕事を頑張りなさい」

「お母さん、ありがとう！」

私はお母さんの優しさが嬉しくて、思わずギュッと抱きついた。するとお母さんは優しい手つきで頭を撫でてくれる。

「レーナは大きくなったわね」

「そう？　まだまだこれから成長するよ？」

「楽しみだわ。さて、そろそろ夕食の準備をしましょうか」

「うん！」

エミリーや他の女の子たち、さらにはおばさんたちにまで、髪の毛を褒められながら夕食の準備をこなした。ちょうど出来上がった頃に、お父さんとお兄ちゃんが帰ってきた。

「今日も美味しそうだな」

変わり映えのしない焼きポーツのみの夕食なのに、お父さんは満面の笑みだ。

「今日は最高の出来よ。レーナにとても嬉しいことがあったの」

「……結婚じゃないよな？」

「何言ってるのよ。レーナはまだ10歳よ。結婚は早くてもあと数年は先じゃない」

お父さんは、愕然《がくぜん》とした表情で呟いた言葉をお母さんに否定されて、表情を緩めた。

お父さんって典型的な親バカだったんだね……結婚する時は泣かれて大変そうだ。

「確かにそうだったな。じゃあなんの話だ？」

「実はね」

それから焼きポーツを食べながらお母さんが仕事のことを話すと、お父さんとお兄ちゃんは予想以上に喜んでくれた。

「凄いなレーナ！　さすが俺の娘だ！」

「レーナにはそんな才能があったんだな。大変だと思うけど頑張れよ」

「うん。お父さん、お兄ちゃん、ありがとう」

「そのジャックさんって人はどんな人なんだ？」

お父さんの問いに、私はジャックさんを思い浮かべる。

「24歳の男の人で、髪は長くて後ろで縛ってる。凄く優しくて身分で差別とかしないし、あと意外にかっこいいかな」

「……かっこいい、だと？」

「うん。ちゃんとしたらモテるんじゃないかなーって、思った、んだけど……」

話すうちにお父さんの機嫌《きげん》が急降下していることに気づき、慌ててジャックさんの話題をやめた。しかしすでに遅かったらしい。お父さんは半目《はんめ》で市場がある方向を睨《にら》んでいる。お父さん、光花に照らされた横顔が怖いよ。

「そいつのことが好きなのか？」

「いやいや、そんなんじゃないから。ジャックさんは24歳だよ？　私はまだ10歳だから、子供だとしか思われてないよ」

「……レーナの魅力が分からんなんて、目が悪いんじゃないのか」

——お父さん、面倒くさっ！

「アクセル、ちょっと黙ってなさい。ジャックさんだったかしら？　まだ子供のレーナを雇ってくれるんだから良い人じゃない」

「そうだよ父さん。娘の交友関係に口を出す父親は嫌われるって聞いたぞ」

お父さんは、お母さんとお兄ちゃんの言葉でずーんと落ち込んでしまった。ちょっと可哀想《かわいそう》な気がするけど……静かになったからいいか。

「とりあえず、明日はお母さんが一緒に行ってくれるらしいから、お父さんも暇な時に見にきてね。お兄ちゃんも」

「ああ、時間を作ってすぐ見に行く」

「アクセル、明日は家のことができないかもしれないから、早めに帰ってきてね」

そうして私が雇われたことの報告は、面倒くさいお父さんを誕生させて終わりとなった。明日からの仕事が楽しみだな。


翌日、綺麗にした服を着てお母さんと一緒にお店に行くと、ジャックさんはお客さんと話しているところだった。

お客さんが途切れて声をかけると、昨日と同じ爽やかな笑顔で迎えてくれる。

「レーナ、よく来たな」

「ジャックさん、おはよう」

「そちらは……」

「レーナの母でルビナよ。レーナを雇ってくれてありがとう。今日は挨拶にと思って一緒に来たの」

お母さんのそんな挨拶を聞いて、ジャックさんはニカっと明るい笑みを浮かべると、軽く頭を下げた。

「わざわざありがとうございます。レーナには今日から頑張ってもらいますね」

「ええ、こき使ってちょうだい。銅貨1枚ももらうんだもの」

「分かりました。レーナ、今日からよろしくな」

「うん！」

それからお母さんは手土産の焼きポーツをジャックさんに渡して、お店の野菜で一番安いやつを1つ買って家に帰っていった。

「いい母さんだな」

「うん。私がこのお店に雇われたことを話したら、凄く喜んでたよ」

「それはよかった」

「でも……お父さんがちょっと面倒くさい感じになってたから、お店に来てジャックさんに絡んだらごめんね？」

ジャックさんは面倒くさい感じが理解できなかったのか、パチパチと目を瞬《しばた》かせて少し首を傾げる。

「働くのに反対ってことか？」

「ううん。私がジャックさんをかっこいいって言ったら、拗《す》ねちゃったの。親バカなだけだから気にしないで」

「ああ、そういうことか」

その説明でお父さんの状況が分かったのか、苦笑を浮かべながら頷いてくれる。

「俺は兄弟が多いから、両親ともに親バカって感じじゃなかったんだよな。いい父さんだな」

「ちょっと面倒くさいけどね。ジャックさんってこの街の生まれなの？」

「そうだぞ。８人兄弟の末っ子で、両親とも工房で働いてたけど、兄弟が多すぎて貧しい生活だったな。まあこうして無事に大人になれたから、感謝はしてる」

８人は凄い大家族だ。確かにそれだけ子供がいたら、よほどの収入がないと厳しいよね。

「実家に帰ったりする？」

「たまには帰るかな」

「じゃあ、仲が悪いわけじゃないんだ」

「ああ、そうだな。まあ帰ると部屋が狭くなるって言われるんだが」

ジャックさんはそう言いながらも、優しい笑みを浮かべている。家族仲が悪いわけじゃないみたいでよかった。

「あっ、お客さんだぞ。いらっしゃいませ〜」

「いらっしゃいませ！」

「レーナ、お前は会計を担当してくれ。俺が商品をまとめたり渡したりするから」

「分かった。あの黒い板も使っていい？」

「もちろんいいぞ。自由に使ってくれ」

私は板と、チョークのような白い石を手に持ち、お客さんに向き直った。これさえあれば、このお店にある商品の計算で迷うことはないはずだ。

「ラストを2袋とキャロを2本もらうわ」

「ありがとう！」

ジャックさんが準備するのを横目に素早く計算し、お客さんの女性に合計金額を伝えた。そしてお金を受け取ったらお釣りを手渡して、売り上げを木箱に入れる。

「レーナがいると、いつもの何倍もやり取りが早いな」

「役に立てそうでよかったよ。……そういえば気になってたんだけど、市場のお店って防犯はどうなってるの？　お金があるなら危なくない？」

「ああ、それは大丈夫だ。兵士が定期的に巡回《じゅんかい》してくれてるんだよ。それにほら、外壁の上にも兵士がいるぞ」

ジャックさんの指した方向を見ると、確かに外壁の上に、たまに兵士が見え隠れしている。今まで気づかなかったな……。

「安全ならよかった」

「ああ、それに大金は持ってきてないしな。いらっしゃいませ～。美味しい野菜が揃ってますよ」

「鮮度がよさそうね」

ジャックさんのお店は大盛況で、話す暇もないほどお客さんが途切れなくやってくる。売り上げがいいのは嬉しいけど、これだとあんまり勉強はできないかな。

「客足はもう少し時間が経つと収まるんだ。しばらくは忙しいぞ」

忙しいなと思ってることが分かったのか、ジャックさんがそう教えてくれた。それなら収まったら勉強もできるかな。色々と教えてもらうのが楽しみだ。

そんなことを考えながら、久しぶりの家仕事じゃない労働を楽しんでいると、ジャックさんの言う通り、市場を歩くお客さんがかなり減ってきた。

「そろそろ暇になるぞ。夕方はまた忙しくなるから、それまでちょっと勉強するか？」

「うん！　勉強したい！」

「ははっ、凄いやる気だな。実は俺が使ってた教材を持ってきてるんだ。お客さんがいない時なら自由に見ていいぞ。分からないところがあれば教えてやる」

「ジャックさん……本当にありがとう」

ジャックさんの優しさに感動しながら教材を受け取ると、かなり分厚くて使い込まれていた。

この世界で本なんて初めて触るよ……本どころか紙だって、この前の契約書が初めてだったのだ。

最初のページを捲《めく》ってみると、何か表みたいなものがある。これって、あいうえおとか、アルファベットみたいなものが書かれてるのかな。

「この国の文字は、この大陸で一番使う人が多い言葉らしいんだ。その最初のページに載ってる文字を組み合わせることで、いろんな言葉が表現できる。レーナって名前はこれとこれ、それからこの文字の組み合わせだな」

全部で30個ぐらいのようだから、この国の文字は日本語よりも、英語とかに近い形なのかもしれない。一から勉強するって考えたら、その方が覚えやすくていいかも。日本語の漢字みたいにたくさん文字があったら、覚えるのは相当大変だよね。

「まずはこれを全部覚えればいい？」

「俺はそうしたな。読み方は教えてやるから聞いていいぞ」

「ありがと！」

それから私は読んで覚えて、書いて覚えてと、文字を必死に頭に叩き込みながら、たまに来るお客さんの応対をしっかりとこなした。

日本人だった頃の記憶で勉強することに慣れているので、思ったよりも早いペースで覚えられる。

「レーナって頭がいいんだな……もうそんなに覚えたのか？」

「うん。でも今は覚えていても、明日には忘れてるのも多いと思う。何回も繰り返さないと」

「凄いなぁ。……そういえば、計算している時に変な線みたいなやつを書いてたよな。あれってなんなんだ？」

変な線……あっ、もしかして筆算《ひっさん》のことかな。二桁になると筆算の方が早いこともあって何度か書いてたんだけど、ジャックさんって私の手元を見てたんだね。

「計算を簡単にするコツ？　みたいなやつだよ」

ジャックさんに筆算のやり方を教えるために、板に白い石で二桁の足し算を書いた。

「これ18と37を足す計算なんだけど、最初に右側の数字を足して、一の位《くらい》の計算結果はここに、そして十の位はこの数字の上に小さく書くの。そして次は左側の計算ね。さっき小さく書いた数字も合わせて全部足した結果をここに書き込めば、ここの数字が足した結果になるよ」

その説明を聞いて、ジャックさんは理解できたみたいだけど少し首を傾げた。

「確かに便利かもしれないが……この線はいるか？　普通に数字だけ書いた方がいいと思うんだが」

「うーん、線もあった方が見やすいと思うんだけど。掛け算になると分かるかな」

それから私は掛け算のやり方と、さらに割り算もやり方を教えてみた。

すると全てを聞いたジャックさんはかなり驚いているようで、私が書いた筆算を難しい顔で凝視している。

「あの、ジャックさん。こういう計算方法って習わないの？」

「習わないな。レーナは……これを自分で考えたのか？」

「――うん。こうしたら楽かなと思って」

さすがにスラムで教えてもらったって言うのは難しいかと思い、自分で思いついたことにすると、ジャックさんは私の肩をガシッと掴んだ。そして顔をずいっと覗き込んでくる。

「レーナ、俺にはよく分からないけどよ、多分お前は天才だ！　こんなの思いつくなんて凄いぞ！」

「そうかな、それは嬉しい……よ」

筆算がここまで褒められるとは思わず安易に教えちゃったけど、もしかしたらまずかったかな。この世界の数学における大発見とかだったらどうしよう。

……私の知識は意外にこの世界で使えるって、この前認識したところだったから、もっと気をつけないとだね。

でもスラム街から出たいから、有能さはアピールしたいし……どこまでやっていいのか、塩梅《あんばい》が難しすぎる。

私はこの国のことをほとんど知らないから、どこまでやると有能と思われるのかもよく分かっていないのだ。スラム街の基準が街中のスタンダードじゃないことだけは確かだろうし。

「なあ、これをギャスパー様に伝えてもいいか？」

「……うん。もちろんいいよ」

「多分これを伝えたら、レーナはすぐ街中に入れるぞ。有能だったら連れてこいって言われてるが、これは確実に有能の部類に入るだろ」

「これって、そんなに凄いものなんだ」

筆算なんかで街中に入れるなんて、嬉しいけど素直には喜べない。変な人に目をつけられるほどじゃ……さすがにないよね？

「ジャックさん、これってギャスパー様はどう思うのかな」

「うーん、俺にはよく分からないが、俺が凄いって思うんだからギャスパー様はかなり驚くんじゃないか？　従業員の間に広めたいって言うかもしれないぜ」

「街中には計算機ってないの？」

「あるけど、かなり大きいし重いし、高いんだ。一応教えてもらったが、使い方は複雑だった。このレーナの方法は手軽だし、ギャスパー様は気に入ると思うぞ」

「そっか……」

もう開き直ろうかな……なるようになるよね。うん、スラム街から出られる可能性が出てきたんだから、素直に喜ぼう。

もし大変なことになっても、その時に考えればいいんだし。

そう考えたら心が軽くなり、近いうちに街中に行けるかもしれないという喜びが湧き上がってきた。

「街中に行くのって、いつになるかな」

「そうだな。ギャスパー様の予定も聞かないとだし、すぐってことはないと思うが」

「そっか。じゃあ楽しみにしてるね」

「おう、待っててくれ」

「あ、お客さんだよ。いらっしゃいませ〜！」

それからはまた忙しい時間帯になり、楽しい気分で仕事に精を出した。

転生に気づいた時はこれからどうしようか途方にくれたけど、なんとか快適な生活を手に入れる一歩を踏み出せたみたいでよかった。


日が暮れ始めたところで仕事は終わりとなり、初めてのお給料の銅貨1枚を大切に握りしめて家に向かう。その途中で、ミューと触れ合っているお兄ちゃんを見つけた。ハイノとフィルもいるみたいだ。

「皆、どうしたの？」

「レーナ。親とはぐれた子供のミューがいてな。親を探してたんだ」

「今ちょうど見つけたところだから、もう大丈夫だと思う」

「そっか。合流できてよかったね」

まだ小さなミューに声をかけると、「ミュー、ミュー」と可愛い声で鳴いた。ミューという名前の由来は、鳴き声からなのだ。

「レーナ、ラルスから聞いたぞ。市場のお店で雇ってもらえたんだって？」

「そうなの。お昼ご飯のあとから今ぐらいの時間までだよ」

「凄いなぁ。うちの地域の期待の星だな」

ハイノは嬉しそうな笑みを浮かべて、私の頭を優しく撫でてくれる。

「ありがと。時間があったら見に来てね。頑張って働いてるから」

「ああ、今度見に行くよ。それにしても……髪が変わったか？　凄く綺麗だ」

「分かる？　私を雇ってくれたお店のジャックさんって人が、整髪料をつけて櫛で梳かしてくれたの。綺麗だよね」

髪を縛ってる紐をほどいてから、くるっとその場で一回転すると、サラサラで綺麗な髪がふわっと広がった。

「おおっ、凄いな。それにいい香りがする」

ハイノがさらに褒めてくれたところで、フィルが私のところに近づいてきた。

「レ、レーナ、その、よかったな。す、すげぇな。それに髪も……綺麗だ」

顔をふんっと背《そむ》けながら、耳を真っ赤にして褒めてくれる。いつも意地悪ばかり言うフィルの褒め言葉に、思わずニヨニヨしてしまった。

フィルも意外に可愛いところあるじゃん。いつもこうしていればもっと仲良くするのに。

「な、なんだよその顔は！」

「んー、なんでもないよ～」

「俺を馬鹿にしてるだろ！」

「そんなわけないじゃん。私はフィルじゃないんだから〜。可愛いところもあるんだなって思っただけだよ」

「な、か、可愛いなんて……言われても嬉しくねぇから！」

顔を真っ赤にして叫ぶと、フィルは先に帰ると言って、家の方向に走っていってしまった。

「フィルのやつ、素直じゃないな」

「ははっ、本当だな。素直におめでとうって言えばいいのに」

「まあ、フィルだからしょうがないよ」

走り去るフィルの後ろ姿を見つめながら、お兄ちゃんとハイノがそう話して、私たちも足を進めた。


家に戻ると、夜ご飯の準備が始まるところだった。私はお金をポケットに仕舞って、準備を手伝おうと調理場に向かう。

「レーナ〜、聞いたよ！　イケメンなお兄さんに嫁ぐんだって!?」

「え……全然違うよ？」

エミリーが駆け寄りながら言ったことがあまりにも現実と違っていて、思わず首を傾げてしまった。

噂って怖いね……こんなに事実と違うことが広まっちゃうなんて。

おばさんたちや他の女の子たちも周りにいる。だからちょうどいいと思い、大きめな声で事実を伝えることにした。

「市場にあるお店の1つで雇ってもらえることになったの。そこの店主がかっこいいってだけだよ。別に嫁ぐわけじゃないよ」

「なんだ、そうだったの？　レーナとお別れかと思って1日落ち込んでたんだよ？」

エミリーはそう言って私にギュッと抱きついた。そんなふうに思ってくれる友達がいて幸せだな。

「私はまだまだ嫁がないよ。だって10歳だよ？」

「そうだよね。さすがに早すぎるかなとは思ってたの」

「それに私は、エミリーみたいに可愛くないから、そんなすぐに嫁ぎ先なんて見つからないって」

「え、レーナはめちゃくちゃ可愛いよ！　もう、何言ってるの？」

「――私って、可愛かったの？」

スラム街には鏡がなくて、水面に映った自分しか見たことがないから、自分の容姿をよく分かっていないのだ。

ただお父さんとお母さんは特別美形じゃないし、お兄ちゃんもかっこいいってわけじゃないから私も平凡だと思っていた。

「レーナはスラム街で一番可愛いよ！　逆に整いすぎてて、可愛いね～って気軽に言えないというか、可愛いというよりも美人なのかな」

「そうだったんだ」

エミリーの言葉にお世辞《せじ》が含まれているようには思えなくて、私は素直に信じて、自分の顔をペタペタと触ってみた。

確かに鼻は高い……気がする。もし街中に行くことができたら、どこかで鏡を使わせてもらおうかな。

美人なら結婚に有利かもしれないし、ラッキーだったかも。そんなふうに安易に考えて、美人と言われたことを素直に喜んだ。

「というかレーナ、そんな話よりも雇い主がかっこいいっていうのは本当なの？」

「うん。かなりかっこいい部類には入ると思う」

「そんな人と働くなんて羨ましい！　今度見に行くね！」

「ぜひ来て。楽しみにしてるよ」

それからエミリーと楽しく話しながら、手はせっせと動かして夕食を作った。代わり映《ば》えのしない焼きポーツだったけど、いつも通りに美味しかった。

4章　街中へ！

働くようになってからは、ジャックさんのお店での仕事が私の日常に加わった。

保存食作りや、家で手仕事をする時間がなくなってしまったので、午前中の畑仕事の時間をたまに家の仕事にあてている。

お母さん曰《いわ》く、結婚してできないと困るから、家の仕事を教えるのはお母さんの義務なんだそうだ。確かにスラム街で結婚するなら、家仕事の技術は必要不可欠だよね。

私はスラムから出る予定だから必要ないけど……そう思いつつ、どこかで役立ちそうな知識ばかりなので、ありがたく色々教わっている。

前よりも忙しくなった毎日を過ごして10日ほどが経った頃、いつものようにお店に向かうと、ジャックさんが嬉しそうに報告してくれた。

「レーナ、３日後に街中に連れていくぞ！」

「本当!?」

ついに街の中に行けるんだね……凄く嬉しい。レーナとしてこの世界に生まれてから、初めてスラム街以外の場所に行ける。ちょっと緊張するかも。

「ギャスパー様が、レーナと会う時間を取ってくれるらしいんだ。５の刻に本店に行く約束をしているから、４の刻には外門前で待ち合わせをしたい」

「分かった。４の刻ってどのぐらいの時間？」

「そうだな……日が昇るのが３の刻ぐらいだから、朝食を食べて少しゆっくりしてから、外門に来るぐらいでちょうどいいと思うぞ」

日が昇るのが３の刻で、お昼ご飯の頃が６の刻だったよね。

ということは……日本の時間に例えると、３の刻が午前６時で６の刻が午前12時ぐらい？

この世界の１刻は地球での２時間と同じぐらいなのかな。

日本での時間に換算《かんざん》してても仕方がないんだけど、その方が理解しやすいのでついつい日本での知識と比べてしまう。

そのうちこの世界の時間にも慣れないと。

「じゃあ遅れるのは嫌だし、朝ご飯を食べたら早めに外門に行くよ」

「分かった。俺がいなかったら外門の近くで待っていてくれ。街中に入って少し時間があるから、ギャスパー様と約束した時間まで通りを見て回れるぞ」

「え、それ本当⁉　それならできるだけ早く街中に入りたい！」

街中を見て回れるなんて、そんなチャンスは最大限に活用しないと。今までのお給料を貯めた銅貨数枚で何か買えるものはあるかな。

「ははっ、そんなにか？　なら早めに迎えに行ってやるよ」

「ジャックさん……ありがとう！　すっごく楽しみにしてるね」

「凄い笑顔だな。じゃあそれまでに敬語を頑張って覚えるか」

「そうだよね、ギャスパー様は商会長なんだもんね。頑張って勉強する！」

日本での知識があるからか、10日間でかなり敬語をマスターしたけど、まだまだ曖昧な知識は多い。変な言葉遣《づか》いをしないように、ちゃんと覚えないと。

「そうだ、ジャックさんとの会話を敬語でやればいいかな。そうすれば習得が早くなると思わない？」

「確かにな……いや、でもそれはやめよう」

ジャックさんは何度か頷いたあとに、私の顔を見つめて、微妙な表情を浮かべてから首を横に振った。

「レーナに敬語を使われるのは俺がむずむずする」

「そう？　――ジャックさん、おはようございます。今日も1日よろしくお願いします。こちらのお客様は、ラスートを袋に半分だけ欲しいそうですが、いかがいたしますか？」

「うわぁぁ、ダメだ、すっごく変な感じがする！」

「ふふっ、ちょっとこれ楽しいかも」

「おいレーナ、俺に敬語はダメだからな。勉強には付き合ってやるから……そうだ、ギャスパー様に話すと思って挨拶の練習をすればいい。それが合ってるかどうかは確認してやるよ」

ジャックさんはよほど嫌だったのか、顔をしかめて代案を提示してくれた。

これはジャックさんを揶揄《からか》う時には使えそうだね。たまに発動させて、効果がなくならないように気をつけよう。

それから私はお客さんが途切れた時に、ジャックさんとギャスパー様への挨拶を練習した。その他にも敬語の復習や、スラム街にはないけど街中では一般的なものの名称などを教えてもらい、知識を詰め込んで3日間を過ごした。


ジャックさんとの約束の日。朝食を食べてすぐに、家族の皆に見送られて家を出た。今日の私の気分は、レーナの人生の中で最高だ。

街中に連れていってもらえると報告した時の皆の反応は、三者三様《さんしゃさんよう》だった。

お母さんは、光栄で凄いことだと手を叩いて喜んだ。お父さんは、私がジャックさんに未知の領域へ連れていかれることに抵抗した。お兄ちゃんは、外壁の向こうに行けるなんて羨ましいと呟いた。

今朝のお父さんは面白かったな……まるで私がもう戻ってこないかのように、泣きそうな顔で引き留めようとしたのだ。

別の国にでも行っちゃうかのような別れになってたけど、よく考えたらこのスラム街しか知らない家族にとっては、街は別の国みたいなものなのかもしれない。

高くそびえ立つ外壁を見上げて、街の中と外との隔《へだ》たりを改めて感じた。

スラム街に住んでる人たちは市民権がない。だから、この国の国民じゃないと言われれば確かにそうだよね……。

この国はアレンドール王国と言って、外壁の向こうの街は王都のアレルだと、ジャックさんに教えてもらった。

私たちは王国の中に住んでるけど、市民権がないから正式な王国民じゃなくて、宙ぶらりんの存在だ。スラム街での暮らしは、グラグラ揺れている岩場の上に立ってるぐらいに不安定だと思う。

やっぱり、より快適な暮らしのためっていうのもあるけど、安心して暮らしていくためにスラムからの脱出を目指したい。

できれば家族の皆も一緒に街中に行きたいよね……そして欲を掻いてもいいのなら、近所の人たちも。

そんなことを考えながら外門に向かうと、市場にお店を出す人たちが街から出てくる時間のようで、外門は混み合っていた。

「まだジャックさんはいないかな」

外門の近くを回ってみたけど、毎日見ている彫りの深いイケメンはいない。

さすがに早すぎたかな……やっぱり時計がないと不便だ。街の中では鐘の音で時間が分かるらしいけど、スラム街には聞こえないから。

人々が出入りしている門から、街の中を覗こうと背伸びをしていると、この前の騎士が出立する場面に居合わせた兵士がいた。

街から出る人には市民権を確認しないようで、軽い挨拶を交わすだけでどんどん人がこちらに出てくる。

やっぱり街の人は服装が違うね。スラム街の皆が着ている服はごわついてるというか、地球のものに例えたら麻《あさ》？　みたいな素材なんだけど、街中の人たちが着ているのは綿《めん》みたいな肌触りのよさそうな服だ。

そういえばジャックさんの服も、柔らかくて着心地《きごこち》がよさそうなやつだった。たまに手に触れるとさらっとしていて、羨ましいなと思ってたんだよね……私の服は、手に触れるとチクチクして痛い。

「おいお前、また来たのか？」

皆の服を観察していたら、突然声をかけられた。見上げるとそこにいたのは……この前の兵士だ。

「お久しぶりです」

「街の中には入れないと、この前教えただろう？」

「はい。でも実は街の中に入れることになったんです。雇ってくれてる商会の人が、私に会いたいって言ってくれて」

「お前を雇う……？　というか敬語、話せたのか？」

「教えてもらったんです。一緒に働いてる先輩から」

兵士の人は眉間《みけん》に皺《しわ》を寄せると、理解できないというように首を傾げた。

スラムの少女が突然商会に雇われたとか、敬語を教えてもらって身につけたとか、意味が分からないよね。

「……スラムに、住んでるんだよな？」

「そうです。けど、スラムにある市場のお店に雇ってもらってます」

「そんなことがあるのか……」

その言葉を最後に兵士が難しい表情で考え込んでしまったところで、ジャックさんの声が聞こえてきた。

「レーナ、待たせてごめんな」

「ジャックさん！　迎えに来てくれてありがとう」

「おうっ。あれ、兵士？　レーナが何かしましたか？」

「いや、そういうわけではない。ただ街中に入れないのにまた外門に来ていたから、入れないことを理解してないんじゃないかと思って声をかけたんだ」

「そうでしたか。それでしたらレーナは私が連れていくので大丈夫です」

「そう、みたいだな」

兵士はジャックさんの服装を確認して、少なくともスラムの人間ではないと理解したのか、頷いてから一歩下がった。

「突然声をかけてすまなかったな」

「いえ、心配してくださってありがとうございます」

そうして一悶着《ひともんちゃく》ありながらも無事にジャックさんと合流できた私は、ついに満《まん》を持《じ》して……

街の中に、入ることができた！

ジャックさんが私の分の入街税を払ってくれて門を通ると、目の前には石造りのお洒落な街並みが広がっていた。

地球でなんとなく見たことがある、外国の綺麗な街並みみたいで、凄くテンションが上がる光景だ。

「ジャックさん！　凄いよ！　お洒落！」

「まあ、スラムよりは綺麗だしお洒落だよな。ここは門前広場と大通りで整備されてるから特にだ」

「うわぁ、外壁の向こうはこんなふうになってたんだ」

感動して気持ちが昂《たかぶ》り、門前広場を駆けて大通りまで向かった。

街の様子をぐるりと見回してから、息を大きく吸い込む。

ドブ臭い匂いがしない、吹けば飛びそうなボロい小屋も、泥でぐちゃぐちゃの地面もない。

やっぱり生活するならこういう環境だよね！

「本当に嬉しそうだな」

「うん。ずっと街の中に入ってみたかったから」

一度中に入れたんだ。これで終わりにしないで、ここで生活していけるように努力しよう。

今はまだ街中にいるスラムの女の子だけど、ちゃんと街で暮らす普通の女の子になれるように頑張ろう。

改めてそう決意して、街の様子を忙《せわ》しなく目に焼きつけながら笑みを浮かべた。

それからしばらくは感動が収まらず、街の様子や住んでいる人たちを熱心に眺めていた。

しかし時間は有限だとハッと気づいて、視線を戻す。隣を見ると、ジャックさんが面白そうな表情で私を見つめていた。

「おっ、やっと戻ってきたか？　田舎から初めて王都に出てきた奴より感動してたな」

「だって、こんなに近くなのにここまで違うなんて……壁がなかったら、ここからうちまでかなり近いんだよ？」

「確かにそうだよなぁ。凄い差だな」

本当に格差が凄いよ……スラム街がどういう経緯でできたのか知らないけど、スラムの人間にも市民権をくれて、街中に住んでいいよって、偉い人が言ってくれたらいいのに。

「レーナ、約束の時間まであと半刻ぐらいだぞ？」

「あっ、そうだった。早く街を見に行こう！」

「分かった分かった。レーナは店を見たいんだったよな。街の中には、建物の中にある店舗《てんぽ》と、市場の店みたいに簡単な屋台が並んでいる場所があるんだ。街中にも市場があるって思ってくれればいい。どっちに行きたい？」

「その二つは売ってるものに違いがあるの？」

「基本的には市場が庶民《しょみん》向けだな。ロペス商会の本店もそうだが、建物に入ってる店はいいものを売っていて値段が高いことが多い」

街中にはそういう区別があるんだ。

私は一番下のスラムにいるから、街中に入れれば快適で幸せな生活があるって漠然《ばくぜん》と考えてたけど、やっぱり街中でも下は大変なのかな。

「とりあえずは市場を見たいかな。高級なところは見ても買えないと思うし」

「分かった。俺も基本的に使うのは市場だし、そこなら案内できる。よく行く市場でいいか?」

「うん。もちろんいいよ」

「じゃあ行こう」

ジャックさんは迷子《まいご》になるのを防ぐためか、私の手を握ると、迷いのない足取りで街中を進んでいった。

手を握られるのはちょっと恥ずかしいけど、今の私は子供なので大人しく手を引かれることにする。

しばらく歩いて辿《たど》り着いたのは……小さな広場だった。その広場には屋台がところ狭しと並んでいて、買い物客が大勢いる。

「ここが街中の市場だ」

「凄いね……見たこともないものがたくさんあるかも」

「まあそうだろうな。スラムの市場で売ってるのは、かなり限定されてるから」

こうして眺めているだけでわくわくと心躍《おど》る。

見たことのない野菜であろうものから、日本にもあったような道具や、前世も含めて初めて見た形のものまで、多種多様な商品が並んでいる。

「ジャックさん、あの大きな丸いやつって野菜？」

「どれだ？　ああ、あれはハルーツの卵だ」

「はる一つのたまご？　って何？」

「えっとな……まず、ハルーツって名前の動物がいるんだ。畜産《ちくさん》農家が食用のために育ててるやつだな。部位ごとに肉の味がかなり違って美味いんだが、その動物が卵を産むんだよ。それがあれだ。温めたらハルーツの子供が生まれるが、卵の状態で火を通して食べると美味い」

ああ、たまごって卵のことなんだ。両手で抱え持つぐらいの巨大サイズだから、まさか卵だとは思わなかった。

それにしてもこの世界って、畜産もあったんだね……本当にスラム街は発展から取り残されているらしい。

スラム街ではハルーツなんて聞いたことがないから、森にはいない動物なのかな。

「ジャックさんって、リートの肉は食べたことある？」

「リートって森にいるやつだよな？　食べたことないなぁ」

「そうなんだ。私は逆にハルーツを食べたことがないよ」

私たちが食べていたリートは、日本でいうジビエみたいなもので、ハルーツは豚肉《ぶたにく》や牛肉のような感じなのかな。

「ハルーツは街中では一般的な動物だぞ。というか基本的にはハルーツの肉しか食べないな。そうだ、確か、いろんな部位のハルーツの食べ比べを売ってる屋台があったはずだから、食べてみるか？」

え、何それ。そんなのあるんだ。凄く食べてみたいけど……銅貨数枚で買えるってことはさすがにないよね。一口分だけ買えないかな……。

あっ、でもそうすると家族にお土産を買えなくなっちゃうか。いや、でもパッと見た感じ、銅貨数枚で買えるものなんてあんまりなさそう……。

色々と葛藤《かっとう》しながら懐の寂しさと相談していると、ジャックさんが本当にありがたい提案をしてくれた。

「俺が奢《おご》ってやるから、金の心配はいらないぞ？」

「……すっごく、嬉しいんだけど、いいの？　ジャックさんがそこまでする義理はないと思うんだけど……」

「まあ、そうだなぁ。でも一緒に働く仲だろ？　それにせっかく街中に来たんだから、いつもはできない体験をして欲しいしな」

「ジャックさん……本当にいい人すぎるよ！　かっこいい！」

「そうかぁ？」

ジャックさんって絶対にモテるよね。私が保証する。ジャックさんがモテないなら、周りの女の人たちの見る目がなさすぎる！

「本当にありがとう。お願いしてもいい？」

「おうっ。じゃあ買いに行くか」

「うん！」

それからジャックさんに連れられて市場を移動すると、どこからかお腹の空くとても良い香りが漂ってきた。

お母さんお父さんお兄ちゃん、私だけ食べちゃってごめんね。

心の中でそう謝りながらも、食べるのをやめるという選択肢《せんたくし》はない。

「いらっしゃい！」

「ハルーツの食べ比べを1つ。味付けはソルでお願いします」

「はいよっ。ちょっと待っててくださいね」

街の中では日常的に軽い敬語が使われてるみたいだ。本当に敬語を教えてもらえてよかった。街の中で敬語が使えなかったら、かなり失礼な子供になるところだったよね。

「これっていくらなの？」

「銅貨5枚だ、あそこに書いてあるぞ？」

「あっ、本当だ。そのぐらいなら私も払えたのに」

「レーナのお金は貯めといた方がいいだろ？　ここはお兄さんに任せなさい」

「ジャックさん……」

本当にありがとう。もう素敵すぎる。私じゃなかったら絶対に惚《ほ》れてるよ！

私は、ジャックさんは……恋愛対象にならないというか、なんとなくお兄ちゃん枠《わく》みたいな感じになっちゃったけど。

「ありがとう」

「いいってことよ」

そう言って少し恥ずかしそうに笑みを浮かべてくれたジャックさんに、私は満面の笑みを向けて2人で笑い合った。

しばらく待っていると、鉄板で焼かれたハルーツが串《くし》に刺されて渡された。2本の串に5種類ずつの肉が刺さっているみたいだ。

「お待たせしました～。食べるのはお嬢ちゃんかな？」

「はい！　ありがとうございます」

「礼儀正しい子だ、偉いぞ」

お店のおじさんはニカっと笑みを浮かべると、私に串を手渡してくれた。

ジャックさんがお金を払ったら、２人で市場の端に向かう。人が多くて少し避けないと食べるのも大変なのだ。

「食べていい？」

「もちろんいいぞ」

「ありがとう。じゃあいただくね」

一番上に刺さっている白っぽい部位の肉を口に入れると……柔らかくてジューシーで脂《あぶら》には甘みがあって、とても美味しいお肉だった。日本で食べていた鶏《とり》のもも肉みたいな感じだ。

こんなに上品なお肉、レーナになって初めて食べたよ。リートのお肉はもう少し獣って感じがして、硬いお肉なのだ。

「美味いか？」

「凄く美味しいよ……感動する」

「ははっ、よかったな」

次に色が全然違う、茶色っぽい部位を口に入れた。

するとその部位は……上質な牛肉の赤身みたいな味がした。1匹でこんなにいろんな味がするなんて、ハルーツって凄いね。

それから10種類全てを食べると、豚肉みたいな部位やホルモンみたいな部位、それからタンみたいな食感のお肉や、さらには日本では味わったことのない、とろけるような不思議な食感のお肉もあった。

最高に美味しくて幸せだ……お肉が美味しいのはもちろんなんだけど、ソルがふんだんに使われているところも美味しい理由になっている。

それにこのソル、スラム街で食べてるやつよりも味がいい。

「ソルって何種類もあるの？」

「確か……森で採れるやつと海で獲《と》れるやつがあったはずだ。海のやつの方が美味しいから、森のやつはほとんど使われないって聞いたことがある」

「そうなんだ……」

だからこんなに味が違うのか。スラムではその森で採れるソルでさえ贅沢品なのに。

改めて比べると、私たちの生活って凄く貧しいね。餓死《がし》するレベルではないんだけど、生きていくのに最低限は整ってるだけって感じだ。

「全部美味しかった。ジャックさん、本当にありがとう」

「それならよかった。じゃあ、そろそろ時間だし本店に向かうか」

「えっ、もうそんな時間？」

「まだもう少しあるが、遅れない方がいいからな」

「確かにそうだよね。……それって何？」

ジャックさんが懐から取り出した懐中時計《かいちゅう》みたいなやつが気になって、思わず覗き込む。こんなのいつもは持ってないのに。

「これは時計だ。時間が分かるものなんだが、商会から貸与《たいよ》されてる高級なものだから、スラムには持っていかないようにしてる。いくら兵士がいると言っても心配だからな」

時計もこの世界にあるんだ！　見た目は地球にあった時計に意外と似ている。丸い形で12までの数字が書いてあって、針が2つあるのも一緒だ。

「これってどう見るの？」

「短い針が1周で1日なんだ。真上の12の刻で日付が変わる。長い針は1周が1刻で、例えば今は4の刻の9時って表現する」

うわぁ、読み方は地球とは違うんだね。ちょっと似ているから逆にこんがらがりそう。

とりあえず1周が1日ってことは、もし1日が24時間なのだとしたら、やっぱりこの世界の1刻は2時間みたいだ。

うーん、でもこの覚え方は混乱するかもしれない。もう地球の時間は忘れようかな。この世界の時計の読み方を、そのまま覚えるように頑張った方がいいかも。

「あとで時計の読み方も教えてね」

「もちろんだ。じゃあ行くぞ」

それから市場を出て大通りに戻り、ロペス商会に向かった。

すると、向かいから大きな動物に引かれた車がやってくるのが見える。前に騎士たちが乗っていたノークとはまた違う動物だ。

「ジャックさん、あれはなんて動物？」

「リューカを知らないのか……？」

「スラムにはいないから。リューカって名前なんだ」

街の中は少し歩くだけで情報の宝庫だ。私が知らないものがたくさんある。

「確かにスラムでは見ないな。リューカは車を引いてくれる動物だ。穏やかで人に懐《なつ》くから、誰でも操れるし重宝されてるぞ」

「長距離を引いたりもするの？」

「もちろんだ。それほど速くないが、体力のある動物だからな。ちなみに速さが必要な時はノークの引く車で運ぶ。ただノークはそれほど重いものは引けないから、手紙とか軽いものだけだな」

「ノークは騎士たちが乗ってるやつだよね？」

「そうだな。騎士たちが乗るのは基本的にはノークだけだ」

ノークは足の速い動物で、リューカは力持ちな動物って覚えておこう。

ノークは見た目が恐竜みたいだったけど、リューカは馬に似ている。私的にはリューカの方が親しみやすいかな。

「レーナ、本店が見えてきたぞ」

リューカの話をしていたら、もう着いたらしい。

ジャックさんが指した方に視線を向けると……そこには、かなり立派なお店があった。もっとこぢんまりとした商店みたいな感じを予想してたのに、高級感漂ってるよ……。

下町商店街の八百屋《やおや》さんを想像していたら、高級スーパーだったぐらいの驚きだ。

正面から外観を少しだけ見学して、ジャックさんに連れられて裏口に向かった。ついに雇い主との対面だ。

裏口から入ると商会の中は、機能性重視の働きやすそうな職場だった。中には店員さんが2

人いて、視線が私に集中する。

うぅ……お母さんが綺麗な服を準備してくれたけど、このお店の中だとかなり浮いている。ジャックさんもいい服を着てると思ってたけど、やっぱり本店で働いてる店員さんは、それよりもさらに上だ。２人は同じような服を着てるから、制服があるのかな……。

綺麗な服を着て綺麗なお店で働いて、本当に羨ましい。

「ジャック、その子がギャスパー様と会う子か？」

「そうだ。あの筆算を考えた子だ」

「君が……確かレーナだったたか？」

「は、はい。レーナと申します。よろしくお願いいたします」

緊張しながらもジャックさんと練習した挨拶を口にすると、２人の店員さんは表情を緩めてくれた。

「敬語を勉強したのか？　凄いな、違和感ないぞ」

「スラムの子とは思えない感じだね」

「ジャックは意外に教えるのが上手いんだな」

「いや、俺が凄いんじゃなくてレーナが凄いんだ。教材を渡しただけで効率よく勉強して、分からないところは的確に聞いてくるんだからな」

ジャックさんの話を聞いて、店員さんたちは私に興味深げな表情を向けた。

少し話していると、私たちのいる部屋のドアが開かれる。入ってきたのは……女性の店員さんだ。サラサラの髪の毛を後ろでポニーテイルにしていて、すっごく美人。

「ジャック、もう来てたのね。ギャスパー様は商会長室にいるわよ」

「そうなのか、ありがとう。じゃあレーナ、行くか」

「う、うん。あの、初めまして、レーナです」

女性にも一応自己紹介をと挨拶すると、女性は私の前にしゃがみ込んで優しい笑みを浮かべてくれた。

「緊張してる？　ギャスパー様は優しい方だから大丈夫よ。頑張ってね。はいこれ、つけたら可愛いわ」

女性は私のために準備してくれていたのか、ポケットから髪飾りを出してつけてくれた。そして、部屋にある鏡の前に連れていってくれる。初めての鏡だ……！

「え、これが私……」

鏡に映った私は、ちょっと自分でも信じられないほどに可愛かった。

手入れを全くしていないのに、透明感のあるきめ細やかな肌。ぱっちり二重《ふたえ》の目と小さめの高い鼻。薄めの唇に少しだけ赤みがある頬。何よりも全てのパーツのバランスが完璧《かんぺき》に整っていた。

——お母さんとお父さんに全く似てなくない？

そう思ってしまったけど、まあ可愛いならいいかと深くは考えないことにする。突然変異とか……まあ、あるよね。トンビが鷹《たか》を産むとかって日本の諺《ことわざ》にあったし。

「あら、初めて見たの？」

「はい。あの、髪飾りとても可愛いです。ありがとうございます」

嬉しくてお礼を言うと、女性は頬に手を当てて「きゃー」と小さく叫んだ。

「凄く可愛いんだけど……！　レーナちゃん、お姉さんと仲良くしてね」

「は、はい。ありがとうございます？」

突然の女性の勢いに驚きながらも、褒められて悪い気はしない。

というか、近所の人とかジャックさんとか、こんなに可愛いならもっと褒めてくれてもいいのに。

まだこの顔が自分の顔だなんて思えずに、そんな図々しいことを考えてしまった。

「ジャック、レーナちゃんのことをそこそこ可愛いとか言ってたけど、これは超絶可愛いって言うのよ。どれだけ女の子に対する理想が高いの？」

「いやぁ、そうか？　俺は女性の美醜《びしゅう》にあんまり興味ないからな」

「はぁ、だからジャックはダメなのよ。レーナちゃんは最高に可愛いわ」

ジャックさんはそういうタイプの人なんだね……結婚してる様子はないし恋人もいなそうだし、なんでかなと思ってたけど、そもそもあんまり興味がないのか。

確かに、自分の見た目にも頓着《とんちゃく》してなかったよね。こんなにかっこいいのに勿体ない。

「ジャック、ギャスパー様のところに行かなくていいのか？」

「あっ、そうだった。そろそろ行くか」

「レーナちゃん、頑張ってね」

「はい。ありがとうございます。あの、お名前は……」

「そういえば、まだ名乗ってなかったわね。私はニナよ」

「ニナさん、本当にありがとうございます。頑張ってきます」

「ああ〜もう、本当に可愛いわね。癒《いや》されるわ〜」

私はニナさんの声を後ろに、ジャックさんに手を引かれて部屋を出た。廊下を通って2階に繋がる階段を登る。

スラムの子供なんてって蔑まれるのかと思ってたけど、予想以上に好意的に受け入れられて驚いたな……。さすが、スラムを気にせずに雇う人がトップの商会だからなのかな。

階段を登ると2階には部屋がいくつかあって、一番奥にあるドアをジャックさんがノックした。するとすぐに優しげな男性の声が聞こえてくる。

「入っていいよ」

「ありがとうございます。失礼いたします」

中にいたのは……30代ぐらいに見える、茶髪の穏やかそうな男性だ。優しい笑みを浮かべて部屋に迎え入れてくれる。

「君がレーナかな？」

「は、はいっ。レーナと申します。よろしくお願いいたします」

「礼儀正しいね。丁寧な挨拶をありがとう。そこのソファーに座って。ジャックもどうぞ」

「ギャスパー様、ありがとうございます」

「失礼いたします」

レーナの人生で初めてのソファーに腰掛けると、ふわっとお尻を包み込んだクッションが予想以上に柔らかくて驚いた。

これは立ち上がりたくなくなるね……日本で流行《はや》ってた、人がダメになるクッションに似てる気がする。

クッションに驚いていると、ギャスパー様は居住まいを正して真剣な表情を向けてくれた。私も柔らかいクッションの上で姿勢を正し、ギャスパー様の言葉を待つ。

そういえば、街の中に入れるって喜びであんまり考えてなかったけど、今日って何を言われるんだろう。

筆算のことで呼ばれたって話だったけど……うぅ、今更胃が痛くなってきたよ。

「では改めて、私はロペス商会の商会長をしているギャスパーと言う。今日はここまで来てくれてありがとう」

「こちらこそ、お招きありがとうございます」

目上の相手に挨拶をする時は頭を下げると聞いていたので、座りながらだけど深く頭を下げた。

するとギャスパー様は優しい笑みを浮かべた表情を崩し、驚いたように目を見開く。

「本当に礼儀正しいな。ジャックが教えたのかい？」

「そうです。ただ私はレーナに聞かれたら答えていた程度で、あとは教材を使ってレーナが1人で学んでいました。それにレーナは一度教えたらすぐに覚えてしまうので、私はそれほど役に立っていたかどうか……」

なんかそう聞くと、私がもの凄い神童《しんどう》みたいじゃない？

私はそんなんじゃないのに……ただ26歳まで生きた前世の記憶があるから、他の子供よりは落ち着いていて、それに日本で学校に通っていたから、学ぶことに慣れてるだけなのだ。

このままだと10で神童、15で才子、20過ぎればただの人ってなりそうだよ。今の私は10歳だし、まさにこの言葉通りだ。

「計算以外にも才能があるのか、凄いな」

「いえ、あの……まぐれというかなんというか。私は他の皆よりも成長が早いみたい、です」

「いや、それだけではできないよ。スラムに生まれて今ここにいることだけでもかなり異端だからね」

まあ確かにそうだよね……スラムの人たちは、そもそもスラムから出ようなんて考えない。ずっと親や家の仕事を手伝って、近所の人と結婚して、次はその家で仕事をするのだ。そうして一生を暮らすことに、疑問を持つ人はほとんどいない。

「……私は、変でしょうか？」

「いや、普通からは外れているけど、変とは少し違うかな。才能がある人は往々にして普通からは外れているものだからね。私はそういう人にこそ可能性があると思うんだ」

「ありがとう、ございます」

そんなに褒められると恥ずかしいなと照れながらお礼を言うと、ギャスパー様は笑みを浮かべてから少し体勢を崩した。

「そんなに緊張しないで楽にしてくれていいよ。そうだ、お茶も出さずに悪かったね。お茶とお菓子を運ばせよう」

　ギャスパー様がそう言って机の上の鐘を鳴らすと、少しして、部屋に1人の男性が入ってきた。

「なんの御用《ごよう》でしょうか？」

「レーナとジャックにお茶とお菓子を頼むよ。私はお茶だけでいいかな」

「かしこまりました。少々お待ちくださいませ」

　――お茶のあとの単語、初めて聞くものだったけど……話の流れ的にお菓子かな。

　スラム街での生活で得られる単語数はかなり少なくて、まだまだ知らない言葉がたくさんあるのだ。

　こういう難しい会話では、前後の文脈から推測するしかない。

「さて、お茶を待っている間に話を続けよう。今日レーナをここに呼んだのは、筆算についてジャックから聞いたからなんだ。これは本当に素晴らしいものだと思う。研究して発表すれば国から声がかかるほどだよ」

「国から……そんなに凄いことだとは思っていませんでした」

　ただの筆算がそんなに驚かれるなんて、この国には元々筆算がないのか、一般市民に広まっていないのかどっちなんだろう。普通に考えたら後者だけど……。

「私も詳しくは知らないんだけれど、算術《さんじゅつ》と呼ばれる学問があるんだ。その中に似たようなものはあるけれど、もっと複雑だったはずだよ。少なくともジャックから話を聞いて、私もすぐに理解できたレーナの方法よりは確実に」

ということは、筆算は一応あるけど、誰でも使えるようにはなってないってことなのかな。

「とにかく、その筆算を1人で生み出したのは本当に凄い。そこで私としては、レーナほどの才能の持ち主を正式に雇いたいと思ってるんだ。今のレーナとの契約は1年更新の臨時契約なんだけど、ちゃんと商会員として雇いたいと思ってる。もちろんジャックたちと同じだけの給料も支払うよ」

えっと……もしかして、ジャックさんと同じように正式に雇うって言ってくれてる？

「私はスラムの人間ですが、いいのでしょうか。市民権も持っていませんが……」

あまりにも驚いてそう問いかけると、ギャスパー様はすぐに頷いてくれた。

「そう。だからレーナを雇うために市民権も買おうと思ってる」

「え、市民権って買えるんですか!?」

「そうだよ。知らなかったのかい？　市民権を持つ保証人がいれば金貨1枚で買えるんだ。保証人には私がなるし、お金も私が出そう。——なんでそこまでするのかって不思議に思うだろうから正直に話すけど、今回レーナと出会ったことで、私はスラム街の人材に興味を持ったんだ。そこでロペス商会としては、スラムから優秀な人材を見つける事業を始めようと思っている。そのために、まずはレーナで色々と試してみたいんだ。上手くいくのか、どんなメリットとデメリットがあるのか、その辺を検証したいからね」

そういうことか……それなら善意でって言われるより信用できるけど、私はスラム街の中で確実に唯一無二の異端だけどいいのだろうか。

私で上手くいったとしても、他の人がどうかは分からない。

でもその事業が進めば、スラムに住む皆の将来の選択肢が広まるかもしれないよね。それなら協力したい。

それに、スラムに優秀な人材が眠ってるっていうのは真実だと思うし。頭のよさは努力や幼少期からの環境もあるけど、生まれ持ったものもあると思うから。

「あの、ありがとうございます。商会員としてこれから頑張ろうと思います。よろしくお願いします！」

「いい返事だ。すぐに受け入れてもらえてよかったよ」

「いえ、こちらこそ市民権まで買っていただけるなんて、本当にありがとうございます」

「街中に入るたびにお金を払うのは大変だし、街中で働くには市民権が必要だからね」

市民権って、ジャックさんはカードみたいなやつを見せてたけど、私も同じやつかな。

なくしたり取られたりしないように気をつけないと……カードを使って街中に入るのを目撃されたら、スラム街で危ないよね。

その心配を言おうとしたところで、部屋のドアがノックされた。ギャスパー様の許可から一拍後に、ドアが開かれる。

「失礼いたします。お茶とお菓子をお持ちいたしました」

さっきの男性がお盆《ぼん》を手に入ってくると……部屋の中には甘い香りが広がった。日本にあった焼き菓子の匂いに似ている。

うわぁ、この匂いだけで幸せすぎる！

「ははっ、急に笑顔になったね」

「あっ、すみません」

「いいんだ、気にしないで。お菓子の匂いは幸せになるよね」

机の上に並べられたのは、日本でもよく見ていたティーセットと同じようなものだった。カップに注がれたのは紅茶のような色合いの飲み物で、ふわっと漂ってくるのは甘い香りだ。

「どうぞお召し上がりください。失礼いたします」

給仕《きゅうじ》をしてくれた男性が下がっていくと、ギャスパー様がまずはお茶をと勧《すす》めてくれた。カップを持つと温かくて、湯気《ゆげ》が立っている。

少し口に含むと……甘い香りに反して、味はかなりスパイシーだった。

いや、スパイシーって表現はちょっと違うかな。でも癖《くせ》の強いハーブティーって感じだ。苦手な人はいそうだけど、私は日本でもハーブティーを好んで選ぶほどだったから、とても美味しい。

「美味しいです」

「よかった。お茶は飲んだことがあるのかい？」

「いえ、初めてです。これはなんて名前のお茶なのですか？」

「ハク茶だよ。この国では庶民から貴族まで飲む一般的なものだね。ハクという真っ白な茶葉を煮出して飲むんだ。シュガやミルクを入れても美味しいよ。試してごらん」

そう言って示された小さなポットには、白い粉と白い液体が入っていた。これって……砂糖とミルクみたいなやつだよね⁉

その２つの存在に驚き、嬉しくて、少しだけ震える手を押さえて、まずはミルクを入れてみた。

すると……かなり驚いた。ミルクがかなり濃かったのだ。これは地球の牛乳とは随分と違うものだね。でも美味しいからいいけど。

さらにシュガと呼ばれた白い粉を入れてみると、こっちは砂糖と同じようにお茶がとても甘くなった。甘いお茶、美味しいな。

「どうだい？」

「とっても美味しいです！　このミルクというのはなんの液体なのですか？」

「それはミーコって動物が毎日作り出す液体だよ。丸い膜の中に入っていて、膜を破るまでは常温で数日は保存できるんだ。栄養豊富で美味しくて、貴族にも人気だよ」

丸い膜の中に入ったミルクを、ミーコって動物が作り出すのか……牛の乳である牛乳とは全然違った。

やっぱりこの世界は地球とは違う。なんか、こういうのを知っていくのって面白いね。これから先もいろんな驚きがあるんだろうな。

「貴族様にも人気なものを出してくださって、ありがとうございます」

「いいんだよ。美味しいものは皆で共有しないとね。こっちも食べてみて。クッキーだよ」

「ありがとうございます」

勧められたお菓子を一口食べてみると、これはそのまんまクッキーと同じ味だった。懐かしくて美味しいなぁ。

「それはラスートにミルクとシュガ、それからいくつかの食材を混ぜて焼いたものなんだ。私の大好物なんだけど、どうだい？」

「とってても美味しいです。幸せの味ですね」

「ははっ、そうだろう？　気に入ってもらえてよかったよ。レーナは凄く美味しそうに食べるね」

ギャスパー様はそう言うと満足そうに笑って、ジャックさんにも勧めてお茶を口にした。

ギャスパー様はミルクとシュガを大量に入れるのが好みらしい。

「いつ飲んでも美味しいです」

「ジャックは何も入れないのが好きなんだね」

「はい。私は甘いものは得意ではなくて。あっ、でもクッキーは好きです」

「それならクッキーをどうぞ」

「ありがとうございます」

それからしばらくは美味しいお茶とクッキーでゆったりとした時間を過ごし、少し落ち着いたところで話を再開した。

やっと緊張が解《と》けて、いい感じに体の力が抜けてきたかな。

「えっと、どこまで話したんだっけ。そうだ、市民権を買う話だったかな」

「はい。あの……それで一つ心配なことがあるのですが、市民権って紛失したり盗まれたらどうなってしまうのでしょうか。カードのようなものなら、盗まれる心配がありまして……」

「ああ、そうだったね。それなら心配はいらないよ。市民権にはいくつか種類があって、カードは全員に配られるけど、他の形のものも追加料金を払えばもらえるんだ。だからレーナは、肌に印字される市民権を持っていればいいと思うよ」

肌に印字って、タトゥーみたいなものってこと⁉　市民権のタトゥーなんて嫌だな……。

「嫌そうだな？　便利だしよくないか？」

隣のジャックさんが不思議そうに顔を覗き込んでくる。

「だって市民権を印字したら、一生そのままだよね？」

「一生……？　消せばいいんじゃないのか？」

「え、消せるの？」

「ああ、そもそもあれは半年ぐらいで消えるから、半年に一度書き直してもらわないといけないんだ」

なんだ、そうなんだ。原理は分からないけど消えるなら安心だ。

「スラム街で育つと街中の常識を知る機会がないんだね……常識を教育する必要がありそうだ。うん、やはり実際に接するのが勉強になるよ」

「それは、よかったです」

なんだか微妙な気持ちだけど、役に立てるのならいいだろう。確かに常識の違いはかなり大きいから、最初にそこを埋めてもらえるのはありがたい。

「では、肌に印字される市民権をお願いします」

「もちろん。市民権を買う時に頼めば対応してもらえるから、レーナも一緒に役所へ行ってもらうよ」

役所って市役所とか県庁とか、公的機関のことだよね。

この国にもあるんだね……あるのは当然なんだけど、そういうのと無縁のところで暮らしてきたから、レーナとしてこの世界にそういう機関があることを知るのはなんだか不思議だ。

——また別の世界に来たみたいな錯覚に陥る。

「分かりました。役所へはいつ行くのですか？」

「そうだね……今日はまだ時間があるかい？　もしあるなら、お昼のあとに行ってしまいたい。また別の日にすると、街に入るのにレーナはお金を払わなければいけないから」

「もちろん、時間はあります」

「じゃあ行こうか。役所で市民権を買えばその日から使えるから、レーナの仕事は明日からでいいかな」

「はい！　よろしくお願いします」

市民権を得て、明日から正式な商会員として仕事か。どんな仕事をするんだろう……凄く楽しみだ。

話が一段落したところでギャスパー様がお茶を口にして、カップをテーブルに置いてまた話し始めた。私はそんなギャスパー様の様子を優雅だなぁと感心して見ながら、少し崩れた体勢を戻す。

「明日からのレーナの仕事場なんだけど、ジャックがやっているスラム街支店じゃなくて、本店の方で働いて欲しいと思ってるんだ」

「……それは、ここに通うということでしょうか？」

「そうなるね。基本的にはここで毎日働いてもらいたい。今考えてるのは5の鐘から8の鐘までの本店勤務だよ。スラムからは通勤に時間がかかるだろうから、他の従業員より勤務時間を短くしてある。その分だけ給料が下がるけど、そこは理解してもらえるとありがたいかな」

まさか、これから毎日街に通うことになるのか……市民権を買ってもらって、たまに街中に呼ばれることもあるのかなと期待してはいたけど、基本的にはスラムのお店で働き続けるのだと思っていた。嬉しいけど、それよりも驚きが勝る。

最初に街に呼ばれた時は筆算のことで少し話を聞きたいのかな……ぐらいに思ってたのに、凄いことになってるよ。

でもそれほど私の能力に期待してくれてるってことだよね。ここは頑張りどころだ。ギャスパー様の期待に応えられるように頑張ろう。

「勤務時間が短いのならば、給料が減るのは当然だと思います。私に期待してくださってありがとうございます」

「理解してくれてありがとう。それだけの能力をレーナが見せてくれたんだから、当然だよ」

ギャスパー様はそう言って、にっこりと笑みを浮かべた。この人って他人を身分で決めつけたりしないで能力を見てくれて、本当にいい商会長だね。

「じゃあ次にレーナの仕事内容だけど、まず一番にやって欲しいのは筆算の授業なんだ。あれは従業員全員に身につけさせたい。それから帳簿の計算を確認する仕事もして欲しい。あとは色々な雑用かな」

「筆算の授業……かしこまりました。精一杯務めさせていただきます」

驚きながらも受け入れて頭を下げると、ギャスパー様は、

「いい返事だ」

と、笑みを浮かべてくれた。

筆算の授業とか、上手くできる気がしないけど……頑張るしかないよね。とにかくうちに帰ったら、日本の算数の授業で習ったことをできる限り思い出してみよう。

「制服や時計など正式の商会員に支給しているものは、レーナにも準備でき次第渡すよ。それ

から給料は10日ごとに手渡しなんだけど、レーナは10日で銀貨5枚になると思う」

「え、10日で銀貨5枚⁉」

思わずギャスパー様の言葉を遮《さえぎ》って、驚きの声を上げてしまった。

だって銀貨5枚だ、それは驚くよ。たった10日で銀貨5枚とか……スラム街では絶対にあり得ない大金だ。やっぱり街中の商会は全然違う。

「不満かな？」

「い、いいえ、そんなことはありません。逆にそんなにもらっていいのかと驚いてしまって」

「そういうことか。それなら心配はいらないよ。これでもかなり安い方だから」

これで安い方とか、お父さんが朝から晩まで働いて稼ぐ金額を思うと涙が出てきそうだ。

「では、ありがたくいただきます」

「そうして欲しい。お金をスラム街に持ち帰るのが不安なら、商会での管理もできるから覚えておいて。ただその場合は、一度に引き出せるのが金貨3枚までになるけれど。そうだ、あと商会員には鍵付きのロッカーが貸し出されるから、そこにお金を入れておくのもありだと思うよ。その辺は自分が納得できる方法にして欲しい」

確かにスラム街に銀貨5枚も持ち帰れないよね……怖くて肌身離さず持ってないとだし、それだと自分が襲われそうで怖いし。

うちには……10日で小銀貨1枚ぐらいを持ち帰る程度にしておこうかな。突然うちだけお金持ちになっちゃったら、ご近所さんとの関係が上手くいかなくなるかもしれない。

「では、最初はロッカーを使わせていただきます。あとで管理を頼むことになるかもしれませんが、その時はよろしくお願いいたします」

「もちろん。その時は私にでも他の従業員にでも伝えてくれればいいよ。そうだ、ジャックにも話があるんだ。ジャックも本店勤務に異動になるからそのつもりでいてね。最近新人も入ったことだし、レーナが働くのに慣れてる人がいた方がいいだろうから」

「ほ、本当ですか！　ありがとうございます！」

ジャックさんはギャスパー様の言葉を聞いて、嬉しそうに立ち上がった。

私もジャックさんの昇進が嬉しくて自然と笑顔になる。これからも一緒に働けるのは心強いし、嬉しいな。

「ジャックさん、これからもよろしくね」

「ああ、よろしくな。レーナのおかげだ、ありがとう！」

「ジャックのこれからの仕事については、またあとで伝えるよ。他に話すことはあったかな……そうだ、仕事を休みたい時は前日までに言ってもらえるとありがたい。当日に急病や急用ができた時は仕方ないけど、できる限りは伝えて欲しい。そうだな……ここまで来られなかったら、スラム街支店の商会員に伝えるのでもいいよ。ジャックの代わりに配属される者についてはあとで紹介するから」

確かにスマホがないんだから、連絡だってできないよね。

私が日本で働き始めた時はすでに1人が1台スマホを持ってる時代だったから、あの連絡手段がないのは凄く不便に感じる。

「できる限り前日に伝えるようにします」

「うん、そうして欲しい。じゃあ最後にあと一つ、うちの商会はまだ新しくて従業員の寮がないんだ。だから皆には各自で部屋を借りてもらっている。レーナももし街中に住みたいなら自分で探してもらうことになるけど、私もいくつか物件を紹介できるので声をかけて欲しい」

「……私って、街中に住めるんですか？」

思わぬ話に上手く頭が働かなくて、ポツリと質問を口にするとギャスパー様は頷いた。

「もちろん。市民権があれば部屋を借りることはできるよ。でもそうだね……レーナの給料じゃ借りられる部屋は限定されるかな。もし街中に住みたいなら、給料を増やすために勤務時間を延ばす相談にも乗るからね」

「はい。……あの、何から何まで本当にありがとうございます」

「レーナはもう正式にうちに雇われてるんだから当然だよ。何か質問はあるかい？」

そう言って少し首を傾げたギャスパー様を見て、街中に住めるという衝撃からまだ立ち直りきれていない私は、働かない頭で考えてスッと1つだけ浮かんだ疑問を口にした。

「1つだけ質問をいいでしょうか。私が部屋を借りたら、市民権がない家族はその部屋に住めるのでしょうか？」

何を置いてもまずはこれが気になった。

私は今まで、自分1人がスラムから抜け出せればいいと考えて行動してきた。それは家族皆での脱出は厳しいだろうと思っていたからで、家族皆で抜け出せるのならそれを選ばない理由はないのだ。

期待しながら答えを待っていると……ギャスパー様は首を横に振った。

「市民権がない人を住まわせるのは基本的にダメなんだ。まあ見逃されてる部分はあると思うけれど。でも結局は、市民権がないと仕事ができないし、一旦《いったん》街の外に出たら入れなくなってしまうし、やっぱり市民権は買うべきだね。レーナが家族と街中で一緒に暮らしたいのなら、もうレーナが保証人になれるからお金さえあれば実現できるよ」

え……そっか、そうなんだ。私が保証人になって、家族皆の市民権を買えるんだ！

皆は生活を変えることを嫌がるだろうか。いや、私がお店に雇われた時の反応からして、街の中はやっぱり憧れみたいだった。

皆が望んでくれるのなら、私はがむしゃらに頑張って働いて、お金を貯めて皆の市民権を買う！　自分1人で街中に生活を移すのよりも時間がかかっちゃうと思うけど、やっぱり家族と離れるのは寂しいのだ。

友達やご近所さんもって言いたいところだけど……さすがにそれが難しいのは分かるから、そこまでは欲張らない。

でも例えばエミリーが街中に行きたいって話してきたら、全力でサポートはすると思う。敬語や読み書きを教えれば街中でも働けるだろうし、私に余裕があればお金を貸すことも……考えちゃう気がする。

まあその辺は、その時その時に考えるしかないよね。

とりあえずこれからの目標は、頑張って働いてお金を貯めて、街中に部屋を借りて生活を移すこと。それから家族皆の市民権を買えるだけのお金を貯めて、家族も一緒に街中に引っ越すことだ。

何だか、凄くやる気が湧いてきた……今までは頑張る方向性が分からなかったけど、これからは頑張れば、私の望んだ快適で平穏な生活が手に入るのだ。そんなの頑張るしかないよね！

とにかく、今日帰ってから皆に話をしてみよう。

「ははっ、やる気十分みたいだね」

「はい！　精一杯お仕事を頑張ろうと思います！」

「期待してるよ。うちの商会はいい働きをした人にはボーナス——特別に支給する給料って言えば伝わるかな？　それも支給してるから頑張って」

それってボーナス……!?　ボーナスが振り込まれた時の嬉しさって、言葉では言い表せないほどだよね。もらえるように頑張ろう、ボーナスめっちゃ欲しい。

「じゃあ、話はこれで終わりでいいね。お昼ご飯を食べてから市民権を買いに行こうか。ジャック、今日のお昼は私が奢るよ。お金を渡すから2人でどこかに行って食べてきなさい」

「いいのですか？　ありがとうございます」

「ギャスパー様、ありがとうございます」

そうして話を終えた私とジャックさんは、昼食代をもらって商会長室をあとにした。なんだか凄いことが起こりすぎて現実感がないけど、私は正式に雇われて市民権を買ってもらえて毎日ここに通うんだよね……。

スラム街からの脱出に一歩どころか五歩ぐらい前進だ。これから頑張ろう。


「それにしても驚いたなぁ」

商会長室を出て階段を下りているところで、ジャックさんがポツリと呟いた。

「ジャックさんも本店勤務に昇進だってね」

「ああ、レーナのおかげだ。ありがとな」

「ううん。私こそジャックさんのおかげで正式に採用してもらえたよ。ありがとう」

私たちはお互いに感謝して、嬉しさで笑い合った。

「なに、いい話だったの？」

「あっ、ニナさん」

「いい話すぎて驚いてばかりだったぜ。まずは俺が本店勤務になった。それからレーナも正式に雇われて、毎日ここに通うことになった」

「え、じゃあレーナちゃんとは同僚ってこと!?」

ニナさんは休憩中だったようで、席に着いて食事をしていた手を止めて、椅子から立ち上がり私の前で中腰になった。

「レーナちゃん、これからよろしくね」

「はい。よろしくお願いします」

「ふふっ、嬉しそうね。レーナちゃんはどんな仕事をするの？」

「筆算の授業と帳簿の計算確認と雑用って聞きました」

「あの筆算をちゃんと学べる日が来るのね。ジャックから初めて聞いた時には本当に驚いたわよ。あんなに便利なものをスラムの子が考えたなんてってね。楽しみにしてるわ」

「は、はい！　精一杯頑張ります」

なんか筆算への期待値高くない……？　私で大丈夫か心配になってきた。瀬名風花として生きていた時だって算数なんて忘れかけてたから、今はもっと忘れてるよ……頑張って思い出しておこう。

あとは掛け算の九九《くく》とかも教えたらいいのかな。あれを暗記していると暗算が凄く楽になるはずだ。

「これからお昼に行くの？」

「ああ、ギャスパー様がお昼を奢るって、お金をくれたんだ。だからレーナと食堂に行ってくる」

「さすがギャスパー様、お優しいわね。じゃあレーナちゃん、行ってらっしゃい」

「はい。これからよろしくお願いします」

ニナさんと別れて商会の本店を出た私たちは、食堂に向かった。食堂はかなり近い場所にあって、ロペス商会の行きつけなんだそうだ。

大通りではなく路地を少し進むと、まさに食堂という言葉が似合うお店が見えてくる。ガラスのような硬い板が嵌め込まれた扉から中が見えるようになっていて、お客さんは大勢いるみたいだ。

「ジャックさん、さっき聞く余裕がなかったんだけど、この透明のやつはなんて言うの？」

「ああ、ガラスな。かなり強度があって外の光を取り込めるから、ほとんどの建物の窓に使われてるぞ」

この国でのガラスの発音をしっかりと覚えて、手を伸ばして触れてみた。

ひんやりと冷たくてつるっとしていて、日本にあったガラスと似た質感だ。まあこの世界だから、日本のガラスとは違うものなんだろうけど。

「それもスラム街にはないから、レーナは初めて見たものなのか」

「うん。これ便利だね」

「そうだな……生まれた時からあったからあんまり考えたことがなかったが、確かにないと不便だな」

「そうだよ。昼間でもこれがないと室内が暗くなっちゃうよ」

まあスラムの家——というか小屋は、隙間《すきま》がありすぎて結構中も明るいんだけど。

「レーナと話してると面白いな」

「私も街中を歩いてると、色々と知らないものがあって楽しいよ」

「これからも分からないことは教えてやるよ」

「ありがと。ジャックさんのことは頼りにしてるから」

「ははっ、期待に応えられるように俺も頑張らないとだな。とりあえず、今は中に入るか」

「そうだね」

ジャックさんが扉を開くと、中からブワッと美味しそうな香りが漂ってきた。この匂いだけでお腹が鳴りそう。

「いらっしゃいませ～」

2人で中に入ると、若い女性の店員さんが元気よく迎えてくれた。ちょうど空いていた2人掛けの席に案内される。

「文字は読めますか？」

「読めます」

「ではメニューをどうぞ。決まったら声をかけてくださいね～」

「はい。ありがとうございます」

路地裏にある小さな食堂に、文字のメニューがあるんだ。この国って意外に識字率が高いのかも。

「ジャックさん、さっきのお姉さんが話してたぐらいの敬語とか、このメニューが読めるぐらいの読み書き能力って、どのぐらいの人ができるの？」

「うん？　あのぐらいの丁寧語なら誰でも話せると思うぞ。貴族様に対する敬語だったり、俺たちがギャスパー様に使う敬語みたいなやつは、使えない人も多いだろうけどな。文字の読み書きはそうだな……食堂のメニューぐらいなら、この街の住民の半分は読めるんじゃないか？　仕事で読み書きするレベルになると、かなり少ないと思うけどな」

街中はそんな感じなのか……スラム街とは全然違うね。

家族が街中に引っ越したいって言ったら、少しは読み書きを教えてあげないとダメかもしれない。

「そういえばさ、街中に学ぶところってあるの？」

「学校のことか？　それならもちろんあるぞ……でもちょっと待て、その話は長くなるから先に飯《めし》を頼もう」

「あっ、そうだね」

食堂に来ていたことを思い出し、メニューに視線を向けた。しかし知らない単語ばかりで全然分からない。

あっ、これはポーツかな。これはミリテって書いてある。他は……全く分からないね。

「ジャックさん、よく分からないからお任せしてもいい？」

「確かにそうだよな。メニューの単語は特殊なやつも多いからなぁ。じゃあ、レーナはこれにするか？　本日のおすすめって書いてあるんだ」

「これがそういう意味なんだ。じゃあそれにする」

「おうっ、俺は……ハルーツ煮込みにするかな」

そうして私たちは注文を済ませ、さっきの話の続きをすることになった。

「それで学校だったよな。国立の学校は主に3つある。貴族街にある貴族様と裕福な商人の子供なんかが通う、ノルバンディス学院が1つだ。それからもう1つは第一区にある平民が通えるルーノ学園。最後が精霊魔法の研究機関の側面が強いリクタール魔法研究院だ」

おおっ、ちゃんとした学校があるんだね。貴族様が通う学校は私と関係ないだろうから、通うとしたらルーノ学園ってところかな。

でも一番興味があるのは最後のリクタール魔法研究院だ。精霊魔法の研究とか楽しそう。

「まず1つ聞いてもいい？　第一区とか貴族街とかの呼び方があるの？」

「ああ、その話はしたことがなかったか。王都アレルは円形になってて、真ん中に王城があってその周辺が貴族街なんだ。そしてそれよりも外壁側は全部平民街なんだが、それは2つに分かれてる。貴族街に近い方が高級店とか、でかい商会とか、裕福な平民が住む第一区だ。そして第二区が、今俺たちがいるここを含めた王都の外周部分だな。ちなみにスラム街は一応第三区ってことになってるぞ。まあ誰もそう呼ばないけどな」

王都はそんな作りだったんだ。じゃあルーノ学園もここからは遠いんだね……まあ私は働かないとお金がもらえないから、学校に通ってる暇なんてないんだけど。

「一般の人たちは学校に通わないってことだよね？」

「そうだな。ただルーノ学園はお金がかからないから、受験する奴はたくさんいるぞ。入学試験の難易度がバカ高くて、毎年ほとんど受からないんだけどな」

ということは、ルーノ学園は平民の中から優秀な人材を拾い上げるためにある学校ってことか。私には無理そうかな……。計算だけならいけるかもしれないけど、今の私は読み書きだって満足にできない。それに歴史の試験とか絶対にあるだろうし、そんなの1問も解けないだろう。

「ルーノ学園に行けない平民には、学べる場所ってないの？」

「いや、そこかしこに私塾《しじゅく》ならあるぞ。まあ私塾だから、教えてる奴の能力はピンキリだけどな。評判のいいところに行けば、かなり質の高い教育が受けられるって話は聞いたことがある。でもそういうところは高いけどな。ルーノ学園に何人合格とか宣伝してるようなところは熱心だぞ」

日本の塾みたいなところがあるんだね。もし時間に余裕ができて行くとしたら、安くてひっそりとやってるような私塾かな。

「色々と教えてくれてありがとう。そうだ、ルーノ学園って何歳まで入れるの？」

「うん？　年齢は特に関係ないぞ」

「え、何歳でも入学できるってこと？」

「ああ、試験に受かりさえすればな」

へぇ～それはいいね。じゃあ、いずれ余裕ができたら挑戦してみようかな。

そう考えたところで、頼んだ料理が運ばれてきた。私の前に置かれたお皿には、なんだか白い料理が器に盛られている。ミルク煮……とかかな？

「ごゆっくりどうぞ～」

「はい。ありがとうございます」

一緒に運ばれてきたスプーンを手にして一匙《さじ》掬ってみると、米みたいな何かが中にあった。

「これってなに？」

「それはラスタだ。食べたことないのか？」

「ああっ、もしかしてラスートの前段階のやつ？」

「前段階って……まあ間違ってはいないな。ラスタを挽くとラスートになるからな」

初めて見たけど、これがそうなんだ。スラムではラスートの状態でしか手に入らないんだよね。

恐る恐る口に運んでみると……濃厚なソースで煮込まれたラスタはめちゃくちゃ美味しかった。というかこれ、ほぼお米だよ！

挽かないでそのままだと米のように食べられて、挽くと小麦粉のようになるなんて優秀だ。

「ラスタは美味いよな。俺はラスートより好きなんだ」

「私も好きかも。このソースはミルクだよね？」

「そうだろうな。それにいろんなものが入ってるんじゃないか？」

うん、確実に入ってると思う。だって凄く複雑な味がする。旨《うま》みも塩味もしっかりあって凄く美味しい。

スラム街の食事は絶望的だったけど、この国にちゃんと美味しいものがあってよかった。

「ジャックさんのはハルーツの煮込み？」

「そうだ。一口食べるか？　この炊《た》いたラスタと一緒に食べると美味しいんだ」

そう言ってジャックさんが指したのは……もうそのまんま白米だった。見た目は炊いた米と瓜二《うりふた》つだ。白くてつやっとしていてすっごく美味しそう。

「もらっていい？」

「おう、もちろんいいぞ」

ジャックさんが炊いたラスタと茶色いソースで煮込まれたハルーツをスプーンに載せてくれ

たので、恐る恐る受け取って口に入れると……それはまさに角煮丼《かくにどん》の味だった。

「ジャックさん！　この茶色いソースって何で作ってるの⁉」

「え、それは……なんだろうな。ソイとかリンド、あとはトウカとかじゃねぇか？　シュガも入ってるかな」

――うん、全く分からない。聞いたことないものばかりだ。

でもこれだけは分かった……この世界には、醤油みたいな、日本のものと似た調味料がある！　それが分かっただけで本当に嬉しい。こういう味付けのものは、もう食べられないのかと思ってた。

はぁ……口の中が幸せ。

「美味しかったのか？」

「うん、とっても！」

「よかったな」

あまりにも喜びすぎてジャックさんに苦笑されたけど、それも気にならないぐらいに食事を楽しんだ。今日はいいことばっかりだ。

昼食を終え、ロペス商会の本店に戻った私たちは、ギャスパー様と合流してさっそく役所へ向かうことになった。

私が緊張しないようにと、ジャックさんも一緒に来てくれる。

役所に向かうには車に乗って行くようで、初めてリューカ車に乗ることになった。

「どうぞ、先に乗っていいよ」

「ありがとうございます。失礼いたします……！」

初めて乗るリューカ車の中は、思っていたよりも広かった。さらに席にはクッションが使われていて、座り心地もいい。

レーナになって初めての乗り物だ。なんだかテンション上がる！

レーナが乗ったことのあるものなんて……小さい頃に洗濯用の大きな桶に乗って、お父さんが引っ張ってくれた時ぐらいだ。

「ジャックさんは乗ったことあるの？」

意外にも落ち着いているジャックさんに小声で尋ねると、ジャックさんは首を縦に振った。

「仕事で何度かな」

「そうなんだ」

ジャックさんって、スラム街の支店で働いていて、下っ端って自分で言ってたからそれを信じてたけど、意外に信用されてるよね。

スラム街支店って、有能な新人に任せるお店とかなんじゃないのかな。いくらスラム街と言っても、独立したお店なんだし。

「動くよ。少し揺れるから気をつけて」

動き出したリューカ車は……予想外に揺れなかった。もちろん日本の自動車と比べたら揺れるけど、手すりがないと座っていられないとか、揺れて座席から放り出されるとか、そんなことはない。

窓から街の様子を見ると、スラム街とは全く違う街並みに気分が上がる。壁1枚隔てただけでここまで変わるんだから凄いよね……。

「レーナには道も覚えてもらわないといけないね。うちの商会は配達《はいたつ》もあるから」

「そうなのですね。道順を示した紙……みたいなものはあるのでしょうか？」

「地図のことかい？　簡易なものなら手に入るよ」

地図って言うのか。地図地図……うん、覚えた。心の中で地図という単語を繰り返して、頭の中にインプットした。

日本語でならたくさんの言葉を知ってるのに、この国の言葉ではなんと言えばいいのか分からないから大変だ。

「それは見せていただけるのでしょうか」

「もちろん。最初は地図の見方を教わることになるはずだよ。配達も地図を見ながらになる。そのうちに覚えたら、見なくても行けるようになるだろうけどね。ジャックもしばらくスラムにいたから、道順を忘れていないかい？」

「そうですね……私も覚え直します」

「それがいいよ」

ギャスパー様は私たちを見て満足そうに頷いた。

ギャスパー様って、やる気があって有能な人にはこんなふうに優しいけど、やる気がなかったり能力が足りなかったりする人には多分厳しいんだろうな……特にやる気がない人はバッサリ切り捨てそうだ。

「役所はどこにあるのでしょうか？」

「それほど遠くないよ。第二区もいくつかの地区に分かれていて、その地区ごとにあるからね。そろそろ見えてきたんじゃないかい？」

ギャスパー様が指差した窓の外を見てみると、かなり立派な建物があった。５階建てぐらいに見える、縦に長い建物だ。

「大きいですね」

「そうかな……まあ高さはあるね。でも王都では横に大きい建物ほどお金がかかって、立派だと言われるんだ。だから役所を見ると、国が平民街の建物に対して予算を少なくしたのかなって思うよ」

へぇ……そうなんだ。確かに横に大きい方がたくさん土地を使ってるから、その分お金がかかるのか。こういう外壁に囲まれた街は土地が貴重だろうし。

面白い価値観だね。

「貴族様の家は横に広いのでしょうか？」

「貴族が住むのは、家と言うよりも屋敷《やしき》って言うよ。そうだね……貴族の屋敷は建物どころか庭もかなり広くて、高位の貴族になると敷地内でリューカ車が必要なほどだよ」

うわぁ、やっぱりそういう感じなんだ。貴族様が無駄に使っている土地を私たちスラムの人間に分けてくれれば、スラム街がそっくりそのまま街中に入れるんじゃないのかな。

「凄いんですね」

「そうだね。……そろそろ着くよ。降りる準備をしようか」

それからすぐにリューカ車が止まって、私たちは降りて役所の中に入った。あまり広くなかったけど、綺麗で居心地のいい空間だ。

入ってすぐのところにある受付に向かうと、女性がにこやかに話しかけてくれた。

「本日はどのような御用件でしょうか」

「今日は市民権を買いたくて来たんだ。この子が本人で、私が保証人だよ」

「かしこまりました。市民権のご購入には金貨1枚のお支払いが必要となりますが、よろしいですか？」

「もちろん」

ギャスパー様が頷いたのを見て、受付の女性は1枚の紙を取り出し、カウンターの上に載せた。

「こちらにご記入をお願いいたします。ご本人様が記入できないようでしたら保証人様が、それも難しければ私が代筆《だいひつ》いたします」

「私が書くから大丈夫だよ。ありがとう」

ギャスパー様の優しい笑みに、受付の女性は少し顔を赤くする。そういえば今まで余裕がなくて気づかなかったけど、ギャスパー様って普通に顔が整ってるよね。

ジャックさんとは全然かっこよさの種類が違って……優しい風貌のふんわりイケメンって感じだ。

「これでいいかな？」

「はい、ありがとうございます。市民権の発行までは半刻ほどかかりますので、また半刻後にお越しください」

「半刻後だね。その間に市民権の肌への直接印字をお願いすることはできるかい？」

「追加で銀貨1枚お支払いいただくことになりますが、よろしいでしょうか？」

「構わないよ」

「かしこまりました。ではお受けいたします」

それからギャスパー様が色々と書類に記入をして、私は3階の部屋に連れていかれることになった。

付き添いでジャックさんが来てくれるけど、肌に印字するなんてかなり緊張する。

「あの、直接印字するのって痛いですか？」

「いえ、痛みはありませんよ。少し冷たい程度です」

「熱いのではなく冷たいのですか？」

「そうですね」

私の思い浮かべるタトゥーとは違う方法で印字されるみたいだ。それなら痛くないかも。そう思って安堵し、体の力を抜いた。

階段を上がって3階の一室に入ると、役所の職員らしい男性が2人いた。市民権の直接印字を行ってくれるらしい。

「レーナさんですね」

「はい。そうです」

「先ほど市民権の内容が上がってきたのですが、確認していただけますか？　字が読めなければ読み上げますが、いかがいたしましょう」

「私が読めるので大丈夫です」

ジャックさんが答えて、私に印字する内容を教えてくれた。

私と保証人の名前、さらに勤務先であるロペス商会の名などが書かれているようだ。その他にもよく分からない数字や模様みたいなやつもある。

「問題なければこちらを印字しますが、よろしいでしょうか」

「よろしくお願いします」

「かしこまりました。場所は腕《うで》になりますが、右と左はお選びいただけます」

「じゃあ……左でお願いします」

なんとなく利き手じゃない方に決めて左腕を差し出すと、１人の男性がよく分からない機器を私の腕に押しつけた。そしてもう１人の男性が、私の市民権が書かれた紙を機器の側面に押しつける。

すると腕がひんやりとして……数秒で機器が離されると、私の腕には黒色で市民権が印字されていた。

「何これ、不思議……」

「こちらで終了です。半年ほどで消えてしまいますので、また印字したい時は役所へお越しください。途中で消したくなった際もお越しください。消す場合は無料でお受けいたします」

「分かりました。ありがとうございます」

男性2人に促《うなが》されて部屋を出て、ジャックさんと1階に戻る。

「ジャックさん、さっきのってどんな仕組みなのか知ってる？」

「俺も詳しくは知らないが……確か植物魔法と冷却魔法が使われてるはずだ。だから茶色と青色の魔石の組み合わせだな。魔石や魔法、魔物素材の組み合わせで、思わぬ効果を発揮《はっき》することもあるらしいぞ」

「ませき……って何？」

「ん？　ああ、話したことなかったか。ゲートから魔物が出てくることは知ってるよな。その魔物から採れる素材のことだ。魔石と魔物素材と……あとは金属とか、色々を組み合わせて魔道具っていうのが作られるんだが、あれはその魔道具の1つだな」

魔石に魔道具か、まさかそんなものまであったなんて。ここって知れば知るほどファンタジーな世界だ。

「あれ、魔道具は本店で使わなかったか？」

「使ってないと思うけど、魔道具ってどういうものがあるの？　街中ならどこにでもあるもの？」

「いや、そんなことはない。かなり高いから基本的には貴族様のところにしかないな。ただ裕福な平民はいくつか持っていて、ロペス商会の本店にも３つあるんだ。トイレがその１つなんだが……使ってなかったか？」

「うん。トイレは食堂で行ったから」

「そうか」

食堂のトイレはスラム街と違ってそこそこ綺麗だったけど、いわゆるボットン便所だった。だから街中も、そこはスラムとそれほど変わらないんだと思ったんだけど……魔道具のトイレなんてかなり期待が持てる。

「本店のトイレは、ボタンを押すと青草が出てきて分解してくれるんだ。さらに地下に管《かん》が通ってて、風魔法でその中を通って肥料集積場に運ばれる」

おおっ、凄い。ボタン１つで分解して、作られた肥料まで運んでくれるなんて。魔道具ってかなり便利だね。それが普通にある貴族様が羨ましすぎる。

「便利でいいね」

「そうなんだよ。普通の家は家族に植物魔法を使える奴がいればそいつが、いなければ魔法使いに頼んで定期的に分解してもらう。そして肥料は回収業者に頼むんだけどな」

街中のトイレ事情はそんな感じになってたんだ……でもそれよりも気になる言葉が出てきた。魔法使いってなんだろう。この世界は子供以外なら誰でも魔法を使えるはずだけど。

質問しようとしたところで階段を下りきったので、私とジャックさんは受付に戻った。

しかしギャスパー様は、どこかに出かけたのか他の用事を済ませているのか、いないみたいだ。

「座って待ってるか」

「そうだね」

受付の近くのソファーに腰掛けて、私はさっそく、さっき浮かんだ疑問を口にすることにした。

「魔法使いっていう職業があるの？」

「あるぞ。そうか、スラムにはないのか」

「うん。でもさ……魔法は誰でも使えるから、魔法使いに頼む人なんていなくない？」

「いや、相当数いるぞ。そもそも精霊魔法は、人によってかなり得意不得意がある。魔法が不得意な奴が使ってると消費が激しくて魔力がなくなるから、得意な奴に頼むんだ。全く使えないほど不得意な奴も中にはいるしな。得意な奴の魔法は全然違うぞ。魔力消費も魔法の精度も発動までのスピードも」

そうなんだ……確かに今思い返してみれば、スラム街で魔法を使ってたのはいつも決まった人だったかも。

それでも魔力消費が激しいから、あんまり頻繁には使えないって言ってた気がする。もっと得意な人に魔法使いとしての需要《じゅよう》があるのは分かる。

「例えば街中で水が欲しいなと思った時に、家族に水魔法が得意な人がいなければ、魔法使いに頼むってこと？」

「そうだ。ただ水はいつでも需要があるから、魔法使いに頼むまでもなくいろんなところで売ってるな。他にも火種《ひだね》なんかはそこかしこで買えるぞ」

「そうなんだ……スラム街とはかなり生活が違うんだね」

街中に慣れるまでは大変そうだ。でもいずれここで暮らすんだから、早めに慣れないと。

「もう終わっていたのかい？　待たせてごめんね」

私とジャックさんが話していたところに、ギャスパー様が帰ってきた。外から来たってことは出かけていたのか。

「少し用事を済ませてきたんだ。さて、そろそろ終わってるかな？」

「ギャスパー様、市民権のカードが完成しておりますので、こちらまでお越しいただけますか？」

「おっ、ちょうど終わったみたいだね」

受付に向かうと、最初に応対してくれた女性が恭《うやうや》しく1枚のカードを渡してくれた。カードはかなりしっかりとした質感だ。プラスチック……というよりも金属に近いかな。

「紛失されますと、再発行にはお金がかかりますのでご注意ください」

「分かりました。気をつけます」

カードを受け取ったらこれで終わりみたいだ。ギャスパー様について、リューカ車に戻る。

「ギャスパー様、市民権を買ってくださって本当にありがとうございます。これから期待に応えられるように頑張っていきます」

車に乗り込んでからしっかりと頭を下げてお礼を伝えると、ギャスパー様は笑顔で頷いてくれた。

金貨1枚の市民権を買ってくれて、雇ってくれて、給料も他の人と同じように払ってくれて……もう感謝しかない。少しずつでも恩返《おんがえ》しをしよう。

「これから店に戻って、ロッカーの場所を教えたら今日は終わりでいいかな。そのカードはロッカーに仕舞っておくといいよ」

「分かりました。ありがとうございます」

スラムでは安全な場所なんてなかったから、ロッカーは初めての、私だけの誰にも侵されない場所だ。……それってかなり嬉しいかも。

リューカ車から景色を眺めながら、自分の頬が自然と緩むのを感じた。


本店に戻ると、従業員の男性に鍵を渡され、ニナさんにロッカーの場所を教えてもらった。そこは男女別になっていて更衣室《こういしつ》も兼ねているようで、とても清潔で落ち着く場所だ。これから私はこの場所で制服に着替えて、毎日仕事をこなすことになるそうだ。

「レーナ、カードはちゃんと仕舞ったか？」

「うん。鍵も閉めてきたよ」

更衣室から出ると、待ってくれていたジャックさんが心配そうに声をかけてくれる。

ちなみに鍵には丈夫な紐がついていて、首からかけて服に仕舞えるようになっていた。鍵だけはスラムに持ち帰らないといけないから、本当にありがたい。

「じゃあ、外門まで行くか」

「ジャックさんも外門に用事があるの？」

「いや、特にないが、俺も今日はこれで終わりでいいらしいから、レーナを送ろうと思ってな。

まだ街中には慣れてないだろ？」

「ジャックさん……本当に優しいね」

思わず本音をぽろっとこぼすと、ジャックさんは少し照れたように横を向いた。

私が外見に気を遣った方がいいって言ったからか、小綺麗にしてるし、ジャックさんってこれから相当モテるんじゃないだろうか。いや、もしかしてすでにモテてる……？

「そんなことねぇよ。じゃあ行くぞ」

「うん。ニナさん、今日はありがとうございました。明日からよろしくお願いします」

「ええ、また明日ね」

ニナさんや他の従業員の人に挨拶をして本店を出ると、まだ明るい時間ではあるけど、日が傾いていてそろそろ夕方になる。

「ねぇ、ジャックさんって付き合ってる人はいるの？」

「なっ、急に恋バナかよ」

「ふふふっ、だって私は女の子だよ？　こういうお話は大好物なんだから」

ジャックさんの答えが気になって顔を見上げると、ジャックさんは深くため息をついてから苦笑を浮かべた。

「付き合ってる人なんていねぇよ。そろそろ結婚しても問題ない……というか、早くしろって言われる歳だけどな。あんまり考えられないんだよなぁ」

「好きな人はいないの？」

「うーん……思い浮かばねぇな。俺は今までいろんなところを転々としてて恋愛どころじゃなかったし、ロペス商会に雇ってもらってからは、仕事を覚えるまでは本店、そのあとはずっとスラム街支店にいたからな。スラムで出会いはないだろ？」

確かに……スラムにあるお店は家族経営だったり、年齢が高めの人が店主をしていることが多い。

それに圧倒的に男性が多いんだよね。女性のみってお店はなかった気がする。やっぱり治安の面からなのかな。

「じゃあ、出会いがあるとしたら今からだね」

「そうだなぁ。まあいい人がいたらそのうち結婚するかもな。でも8人兄弟の末っ子って言っただろ？　もう上の6人は結婚していて、姪《めい》っ子甥《おい》っ子がたくさんいるんだ。だから無理に結婚する必要はないな」

「そうなんだ。それは確かに結婚しなくても問題ないね」

街中は意外に独り身も許容されてるのかな。スラム街は結婚できないとその人に問題があるのかって思われるから、街中の方が圧倒的に自由だ。

まあ私は結婚したいから、どっちでも問題ないんだけど。

「レーナはどうなんだ？　10歳っていったら女の子はそんな話ばっかだろ？」

「私も相手はいないよ。スラム街から出たいと思ってるから、スラムで結婚するつもりはないんだよね」

「確かにそうか。そう決めてんなら相手がいたら別れが辛いな」

「そうなんだよ。だから街中で落ち着いたらそのうち探す予定！　理想は自然に好きになれた人と両思いになって結婚までいくことだけど、まあそれには運もあるから積極的に出会いの場に行こうかな。もうちょっと大きくなってからだけど」

拳を握りしめてこれからの予定を語っていると、ジャックさんは微妙な表情を浮かべた。

「ずっと思ってたんだけどよ……レーナって10歳には思えないよな。同い年ぐらいに感じるぞ？」

「え、そ、そう？　気のせいじゃないかなぁ……」

やっばい……やっちゃったよ。確かに10歳の女の子は恋愛に対してこんなに達観《たっかん》してないよね。もっと好きって気持ちに純粋だよね。

うわぁぁ、やってしまった。26歳まで生きた記憶があると、そんなピュアな心は残ってないのだ。

「ま、まだ結婚なんて考えられないかな～。す、好きな人が欲しいなって今は思ってる！」

10歳の女の子ってこんな感じだっけと誤魔化《ごまか》すと、素直なジャックさんは誤魔化されてくれたのか頷いた。

「レーナぐらいの歳ならそうだよな。ただロペス商会には、レーナと同じぐらいの歳の奴がいないんだよなぁ」

「そういえば子供はいなかったよね。街中って子供は働けないの？」

「いや、雇ってくれるところがあればもちろん働けるし、大半の子供は8歳や9歳ぐらいで働けるようになったら仕事を探す。子供が働けるのは工房の雑用とか、力があれば荷運びとか、そういうのに限定されるんだけどな。雑用で雇ってもらってた工房に、15の成人で正式採用になることも多いぞ」

街中の子供もそんな頃から働いてるんだ。

まあ日本だって、20歳を過ぎても働かないで勉強していられるような世の中になったのは、ほんの数十年前の話だったもんね。子供だって学校がないならやることもないんだし、働くのは当然か。

「じゃあ、ロペス商会は子供を雇ってないんだ」

「基本的にはな。ただ今日までのレーナみたいに、1年のみの臨時契約で雇われてる子供はいるぞ。でも本店にはいないんだ。ロペス商会は王都アレルの中にいくつか支店があって、そこで雑用をしてたりする。あとは配達や各支店間の連絡係とか。基本的には街中を駆け回る仕事だな」

「そうなんだ……それなら私がその子たちに会うのは少ないってことだよね」

「そうだな」

まあ10歳で結婚相手を探そうなんて思ってないからいいんだけどね。そもそも今の私と同い年の男の子を、恋愛対象にはどうしても見られない。

……あと10年は考えなくてもいいかな。

「おっ、門が見えてきたぞ」

「本当だ。ジャックさん、ここまででいいよ。送ってくれてありがとう」

「そうなのか？　じゃあ、気をつけて帰れよ」

「うん！　また明日からよろしくね」

「ああ、初日から遅れるなよ」

「大丈夫！　スラム街の朝は早いから」

何せ日が昇り始める頃から起きるからね。遅刻の心配はほとんどない。

「ははっ、そうだったな。じゃあまたな」

そうして私はジャックさんと手を振って別れ、兵士に会釈《えしゃく》をして街中から外に出た。

少し歩いて外門を振り返ってみると、もう前みたいに、高い外壁に拒絶されているような気持ちにはならない。

これからは街の中も私が生きる場所だ。幸せな未来のために精一杯頑張ろう。


家に帰ると、いつもはまだ帰っていない時間なのに、家の前をうろうろと歩き回るお父さんがいた。

「レーナ！　何もされてないか？　大丈夫か？」

「お父さん……仕事は？」

「そ、それは……だな。あれだ、今日は休みだ。レーナが心配で手がつかなかったからな」

「レーナ、おかえりなさい。何度大丈夫だって言い聞かせてもダメなのよ。もう、レーナからも言ってやってちょうだい」

お父さんはバツが悪そうに視線を逸らし、お母さんは座って何か作業をしながら呆《あき》れた様子だ。

「お父さん、まだジャックさんのこと信じてなかったの？」

「いや、そういうわけじゃないんだけどな……」

お父さんは私がスラム街支店で働き始めて2日後に、さっそくお店にやってきたのだ。

それでジャックさんの人柄を見極めようと思ったのかなんだか知らないけど、色々と返答に困る質問をして、ジャックさんに迷惑をかけていた。

でもそんなお父さんにもジャックさんは誠実に対応してくれて、最終的にお父さんは「レーナは俺の子だからな！」と、よく意味の分からないセリフを悔しそうに吐いて帰っていった。

それでその日の夕食時に、まあ悪い奴でもないんじゃないか……って言ってたはずだったのに。まさかまだジャックさんを敵視していたとは。

「お父さん、そろそろ子離れしないとダメだよ？　私はもう10歳なんだからね。5歳や6歳じゃないんだよ？」

「そうよ、アクセル。もう自分で仕事を見つけてくるような歳なのよ。自由にさせてあげなさい」

お父さんは私とお母さんの言葉にがっくりと落ち込んでしまい、力なく椅子に腰掛けた。大きな体が一回り小さく見えるほどに落ち込んでいる。

お父さんって、本当に私のことが大好きだよね……呆れる気持ちが先行するけど、それほど愛してもらえると嬉しさも湧き上がる。街中に一緒に行きたいって言ってくれるかな……そう言ってくれるといいな。

「レーナ、今日はどうだったの？　レーナを雇ってくれている人に会いに行ったのよね」

「うん。その話なんだけど……家の中でしていい？　皆にだけ話したいの」

家の前で話すと近所の人にも聞こえてしまうのでそう言うと、２人は神妙な表情で頷いてくれた。

「ラルスも呼びましょう」

「俺が呼んでくる。すぐそこにいるはずだ」

それから自宅――というよりボロい小屋の中に、家族全員が集まった。

床に直接座って、窓を閉めて、暗いので真ん中に光花を置く。

「それで、なんの話があるの？」

「実はね……私、ロペス商会に正式に雇ってもらえることになったの。これからは毎日街中にある本店に通うんだって」

思い切って一息《ひといき》に説明すると、皆は理解できなかったのか何も言葉を発しない。

「毎日街中にって……街に入るには金が必要だろう？」

「それがね、市民権を買ってくれたの」

袖《そで》を捲り上げて腕の市民権を見せると、皆は私の腕を取って、印字されている文字を凝視した。

「市民権はカードでもらうんだけど、追加料金を払えば肌に印字してもらえるらしくて、ギャスパー様が払ってくれたの。これを見せればお金がかからずに毎日街中に入れるよ」

「レーナが、本当に市民権を得たのか……？」

「うん。そうだよ……って、お父さん!?」

お父さんが突然瞳から大粒の涙をこぼし始めたので、私は慌てて手を伸ばした。するとお父さんは私をギュッと抱きしめてさらに泣く。

え、これどういう状況？　泣くほど嫌だったとか、市民権を得るのはダメだったとかじゃないよね？　じゃあ嬉しくて泣いてるとか……？

「まさか市民権を買ってもらえるほどに、才能を認められたなんて……っ、レーナ、よかったな」

「本当に、よかったわね……お母さんは嬉しいわ。スラムでの生活は苦しいもの。レーナの人生が、幸せなものになることを、い、祈ってるわ……」

お母さんも泣き出しちゃった!?

お兄ちゃんも涙ぐみながら私の頭を撫でてるし。なんか永遠の別れみたいな雰囲気になってない……？

「あの、皆……私はまだしばらくスラム街にいる予定だよ？　それに今日は、皆も一緒に街中

に行かないかなって話をしようと思ってたんだけど……」

そう告げると、皆はぴたりと動きを止めて目をぱちぱちと瞬かせた。

「市民権を得たら、街中に住むんじゃないのか？」

「というよりも、街中にも住めるって感じかな。でも私はできれば皆と離れたくないから、皆が望むなら皆の市民権も買えるように頑張ろうかと……」

「え、私たちの市民権も手に入るの⁉」

「うん。市民権は金貨１枚と市民権を持ってる保証人がいれば買えるの。保証人には私がなれるし、私のこれからのお給料は10日で銀貨５枚だから、20日で１人分。60日で全員分の市民権を買えるよ。ただ街中で部屋を借りて生活するなら貯金ゼロは厳しいから、さらに数十日は貯金して、それからの引っ越しになるかな」

具体案を提示すると、皆はしばらく固まっていたけど、まず声を上げたのはお兄ちゃんだった。

お兄ちゃんは顔に喜色《きしょく》を浮かべて私の手を握る。

「俺も市民権を得て街中に行けるってことか⁉」

「う、うん。そうだよ」

「マジか……レーナありがとう！　才能のある妹を持って俺は幸せ者だ！」

お兄ちゃんが喜びを爆発させていると、お父さんとお母さんも事態を把握したのか、顔をどんどん明るくしていった。

「皆でスラムから街中に引っ越せるのね！」

「まさかそんな人生が待ってるとは……凄いな、凄いぞレーナ！」

「どうしましょう。街中の人のような綺麗な服が着られるのかしら！　一生着るのは無理だと思ってたわ。それに街中には美味しいご飯がたくさんあるって……！」

私は3人の勢いに驚いて、少し体を後ろに反《そ》らせた。

街中に行くことになるとしても、かなり悩んだ末で、環境を変えたくないって言われる可能性が高いと思ってたのに……ここまで喜ばれるなんて。

「皆、ここから引っ越すのでいいの？　友達や仕事仲間がいるでしょ？」

これほど好意的に受け止めてもらえると思っていなかったので、思わず念を押すようにそう聞くと、皆はすぐに頷いてくれた。

「それはそうだけど、人生に別れはつきものだもの。それに街中からスラムに来ることは可能でしょう？」

「そうだぞレーナ、別れを恐れてたら何もできない」

「結婚して遠くに行ったらもう会えないのなんて、よくあることだしな。それでも会いたい相手なら会いに行けばいいんだ」

そういう価値観なのか……連絡手段が脆弱《ぜいじゃく》な環境だからこそ何度も別れを経験していて、それを受け入れる考え方になったのかな。

確かに朧《おぼろ》げな記憶を思い出すと、幼い頃に仲良くしてくれた近所のお姉ちゃんとかは、結婚で引っ越してからはどこにいるのか分からない。

ちょっと寂しいなと思うけど、仕方がないことだよね。

お兄ちゃんの言う通り、本当に仲がよくて別れたくないなら、時間と労力をかけてでも会いに行けばいいのだ。私も街中に引っ越したとしても、エミリーとハイノ……フィルには絶対に会いに来よう。

「そうだよね、皆ありがとう。これからも一緒にいられて嬉しい」

家族皆で引っ越せることが嬉しくて顔を緩めると、皆も優しい笑みを浮かべてくれた。

「お礼を言うのはお母さんよ。レーナのおかげでこれから楽しくなりそうだわ。ありがとう」

「ああ、さすが俺の娘だ。父さんは嬉しいぞ」

「ふふっ、私も嬉しい。じゃあお金を貯めて、皆の市民権を買うことにするね。３人の分が貯まったら、皆で一緒に街中に行って役所で買おうか。それまではスラムでこのまま暮らすことになるかな」

「街中に行ける時が楽しみだな！　そうだ、街中に行くまでに、何かやっておいた方がいいことはあるか？」

お兄ちゃんが身を乗り出して、輝く瞳でそう聞いてきた。

やっておいた方がいいことはたくさんあるんだけど、その中でも優先順位をつけないとだよね。

「まずは敬語を覚えた方がいいと思う。皆も街中で仕事を探すことになると思うけど、その時に敬語を使えないといい仕事を選べないよ。あとは街中の常識も身につけないとね。それから……余裕があれば読み書きも。とりあえず自分の名前は書けるようになっておいた方がいいかな」

「色々とやることがあるんだな」

「なんだか楽しいわね」

「新しいことをするのは楽しいな。父さんは新しい仕事道具を下ろすのが大好きだったんだ」

なんかそれはまた違う気がするけど……まあ好奇心旺盛《おうせい》な性格って考えたら、共通するところがあるのかな。

「まずは敬語と皆の名前の書き方を教えるから、頑張って覚えてね。私もジャックさんから教えてもらってるところだから、それを皆にも教えるよ」

「おうっ、よろしくな」

「これから皆で頑張るか」

「そうね。頑張りましょうか」

皆がこんなに乗り気で本当に嬉しいな……街中に引っ越して苦労しないように、ちゃんと必要なことを教えられるように頑張ろう。

皆はどういう仕事がいいんだろう。

お父さんは木こりをしていたんだから、木工工房とかかな。力持ちだから荷運びとか。

お母さんは裁縫《さいほう》が上手いから、服飾系の工房を目指したらいいかもしれない。

お兄ちゃんはまだ若いから……なんでも選べるよね。

「街中に行けることは、ハイノたちに話していいのか？　それにレーナのことも」

街中に引っ越してからを考えていたら、お兄ちゃんが現実的な疑問を口にした。確かにそれは重要なことだ。

「どうしましょうか。レーナのことは話すまでもなくバレるわよね。レーナがお店に雇われたのは皆が知っているから、これから街中に通うなら、その伝手《つて》で市民権を得たことはすぐに気づかれるわ」

「それって大丈夫なのか……？」

「うーん、仲のいい奴らなら大丈夫だと思うが、それ以外にも広まるとなると、ちょっと危険かもしれないな。街中への伝手を欲して、レーナに近寄ってくる奴がたくさんいるかもしれない」

うわぁ、やっぱりそうなんだ。まだスラムでしばらく暮らすから、トラブルが起きると嫌だな。

私は子供で、女で、物理的に襲われたらかなり弱い。

「とりあえず、俺たちも街中に行けるかもしれないことは言わない方がいいな」

「そうね。あくまでもレーナ1人が街中で仕事を得たってことだけにした方がいいわ。そしてレーナは……スラム街を1人で歩くのを避けなさい。外門とうちの往復は私たちが交代で一緒に行くわ」

「そうだな。俺が毎日一緒に行ってやる」

お母さんの一緒にって言葉を聞いて、お父さんが真っ先に握り拳を作った。凄く乗り気なお父さんに苦笑するけど、頼もしくてありがたい。体が大きいし力持ちだし、お父さんがいたら無理を通そうとする人はいないだろう。

「お父さんありがとう。よろしくね」

「おうっ、任せとけ」

「ご近所さんたちにはいつ伝えようかしらね……サビーヌや仲のいい人たちには絶対に挨拶はしたいわ」

「そうだな……少し寂しいが、引っ越し当日の朝に挨拶回りをするか。レーナとラルスもそれでいいか？」

当日の朝か……エミリーやハイノ、フィルは、突然のことに驚くよね。でも事前に伝えたら身の危険が増すんだし、仕方がない。

「私はいいよ。永遠の別れじゃないもんね。お金に余裕ができたら、エミリーを街中の家に招待したりもできると思うし」

「そうだな。スラム街は誰でも入れる場所だからな」

それにジャックさんじゃなくなるけど、ロペス商会のスラム街支店は続くんだし、そこの店主を務める人に頼めばエミリーたちと連絡が取れるはずだ。引っ越しの日にそのことはちゃんと伝えよう。

「俺もいいぞ。ハイノたちは喜んでくれるはずだ。そもそも俺らの歳だと、そろそろ結婚して引っ越すことも多いからな」

「じゃあ当日に知らせて挨拶回りをするのでいいわね。それまでは基本的に秘密にして、準備を進めましょう」

「おうっ！　俺はレーナの送り迎えもだな」

そうしてこれからのことを話し合った私たちは、皆で家から出て、夕食の準備をすることにした。

ここでの暮らしも終わりが見えてくると、不便で汚すぎる調理場もドブ臭い匂いもボロすぎる家も、なんとなく手放すのが惜しい気がしてくるから不思議だ。

――いや、それは気のせいかも。

その日の夕食は密《ひそ》かなお祝いということで、焼きポーツにたっぷりのソルをかけて皆で食べた。

街中で食べたご飯と比べたら凄く味けない料理だけど、家族の皆と食べたことで、とても美味しいご飯だった。

5章　仕事の初日と魔道具工房

今日は記念すべき本店での仕事の初日だ。私はお父さんに送ってもらって外門へ向かい、街中に入ってからは1人でロペス商会の本店にやってきた。

「おはようございますっ！」

昨日教えてもらったように裏口から中に入ると、数人の従業員がすでにいて、緊張しながら挨拶をする。あっ、ニナさんがいる。

知っている人がいることに少しだけ安心して、強張った体から力を抜いた。

「レーナちゃんおはよう。早いのね」

「遅れちゃいけないと思いまして」

「いい心がけだわ。じゃあさっそくだけど色々と教えましょうか。そうだ、私がレーナちゃんの教育係になったからよろしくね。分からないことがあったらなんでも聞いていいわ」

「そうなのですね。ニナさんが教育係でよかったです」

「もう、レーナちゃんは本当に可愛いわね！」

「うっ……ちょ、……」

私が頬を緩めると、可愛い動物に悶《もだ》えるような表情をして、ニナさんは私をギュッと抱きしめた。

「可愛いって言ってもらえるのは嬉しいけど、ニナさん胸が大きいから……苦しい。

「おいニナ、レーナが苦しんでるぞ」

「え、うわぁぁ、レーナちゃんごめんなさい！　思わず可愛すぎて……」

「い、いいえ、大丈夫です」

ニナさんのちょっと苦しい抱擁《ほうよう》から解放されて、胸いっぱいに空気を吸い込んだ。

「本当にごめんね。……じゃあ気を取り直して、まずは更衣室に行きましょうか。新品の制服を仕立ててもらってるんだけど、レーナちゃんのサイズの中古が別の店舗にあって、昨日のうちに持ってきてもらったのよ」

「え、そうなんですか!?　ありがとうございます。凄く嬉しいです」

制服はかなり楽しみにしていたので、今日から着ることができるという予想外の事実に、嬉しくて声が上ずってしまう。

着心地がよさそうで、かっこいい制服なんだよね……レーナはチクチクする生地で作られた継ぎ接《は》ぎとシミだらけのワンピースしか着たことがないから、パンツスタイルというだけで初体験だ。

そう、このロペス商会の制服は、女性もパンツなのだ。男性のよりも少し細身のパンツに白くてふわっとした生地のブラウスを着て、男性のよりも丈《たけ》が長めのジャケットを羽織《はお》っている。

これが本当にかっこいい。美人のニナさんが着ていると、どこのモデルさん？　ってほど似合っている。

「レーナちゃんには絶対に似合うと思うわ。行きましょう」

楽しそうなニナさんに連れられて更衣室に入ると、ハンガーに私の制服がかけられていた。

靴に靴下までちゃんとある……！

「ここに布を敷くから、その上で着替えましょうか。その靴を脱いでくれる？」

「分かりました」

「スラム街に住む人たちはそんな靴を履いてるのね」

「はい。森から採ってきた草でお母さんが作ってくれるんです。ただ雨が降るとほとんど意味がない靴なんですけど」

「確かに防水性はなさそうね」

そんな会話をしながら靴を脱ぐと、ニナさんは濡れた布で私の足を綺麗に拭《ふ》いて靴下を履かせてくれた。

靴下を履く感覚久しぶりだ……！

それにこの世界には驚いたことに、ゴムのような素材まであるらしい。靴下はふくらはぎの途中までの長さだけど、何かで止めたりしなくても落ちてこない。

「下着はつけてるのかしら？」

「下だけは履いてますが、上は何も着てません」

「じゃあ肌着も支給にしましょうか。えっと……」

更衣室にある棚《たな》をゴソゴソと漁《あさ》ったニナさんは、とても肌触りのいいシンプルなキャミソールのようなものを渡してくれた。

「これもあげるわ」

「ありがとうございます」

「じゃあ私は後ろを向いてるから、肌着を着てその上に白いブラウスを着て、このズボンを履いてね。ベルトは私がつけてあげるからそのままにしておいて」

「分かりました」

着ていたワンピースを脱いで制服と比べてみると、新品の布と使い古した雑巾ぐらいの差がある。悲しくなる差だよね……。

肌着を持つと、地球のものに例えたら綿の肌着って感じだった。

それを着て、次はブラウスを手に取る。おおっ、ブラウスは凄く繊細《せんさい》で柔らかくて、サラサラした布が使われているみたいだ。ズボンは……かなりしっかりした布だね。

いずれにしても、継ぎ接ぎなんてなくて、とても綺麗で肌触りのいい服だ。やっぱり綺麗な服を着ると気分が上がる。

「着ました」

「……うわぁ、とっても似合ってるわ！」

振り向いたニナさんは私の姿を見て瞳を輝かせ、嬉しそうな笑みを浮かべて褒めてくれた。

「ありがとうございます。とても着心地がいいです」

「この制服はいい生地を使ってるのよね。じゃあ私が整えてもいいかしら？」

「もちろんです。よろしくお願いします」

ニナさんがベルトのつけ方を教えてくれてジャケットを羽織り、髪を綺麗に結び直してもらった。

最後にピカピカに光っている革靴《かわぐつ》を履いたら、着替えは終了だ。

更衣室の姿見に自分を映して、生まれ変わった姿に見惚《みと》れた。

こうして一度綺麗になっちゃったら、またあのボロいワンピースを着てスラムに戻るのが嫌になりそうだ。

「とっても素敵よ。あとはこれも受け取ってね。商会員の全員に貸与される時計で、基本的には内ポケットに入れて持ち歩くの」

「ありがとうございます。凄く綺麗ですね」

時計は装飾なんてなくて実用一辺倒って感じだけど、凹《へこ》みや尖《とが》った部分などが一切ない金属で、凄く綺麗だ。

「時計の見方は分かる？」

「いえ、まだ教えてもらってなくて」

「それならあとで教えるわね。とりあえず内ポケットに入れておいて」

「分かりました」

そうしてニナさんに手伝ってもらって身嗜《みだしな》みを整えた私は、更衣室を出て休憩室に戻った。

休憩室に入ると、そこにいた全員が驚きに目を見開いて、声も発さずに私のことを見つめてくる。

「どうかしら。レーナちゃん、凄く似合ってるでしょう？」

「……凄いな。ちゃんとした服を着ると別人だな」

「可愛い子だとは思ってたけど、制服を着るとよく分かるな」

「ありがとうございます。このお店に溶け込めるようならよかったです」

「……溶け込めるを通り越して、綺麗すぎて目立ちそうだけどな」

従業員の皆は、驚きを露《あら》わにしながら私のことを褒めてくれた。

それが嬉しくて、照れながら笑みを浮かべていると……男性用更衣室のドアが開かれて、ジャックさんが出てきた。

ジャックさんは制服をビシッと着こなして、髪の毛を綺麗にまとめている。

「おおっ、レーナ。似合ってるじゃんか」

「ジャ、ジャックさんこそ……！　何それめっちゃかっこいい！」

これは本当に凄いよ……ジャックさんのポテンシャルに心から驚く。私の予想以上だった。

制服を着て身嗜みをちゃんと整えたら、ここまで変わるなんて！

「そんなにか？」

「そんなにだよ！　イケメンで美人なんだけど！」

長いサラサラの髪の毛をポニーテイルにしているから、小顔《こがお》で彫りの深い顔が際立つ。それに今までの服装では気づかなかったけど、足が長くてスタイルがいいのか制服が凄く似合ってる……！

さらに左手の中指にある、風の女神様の加護を表す白い宝石付きの指輪が、今まではただそこにあるだけだったのに、立派な装飾品になっている。

なんかもう、とにかく凄い。

「本当ね～、見違えたわ。普段からそうしてればいいのに」

「ジャックってこんなにイケてる奴だったのかよ……薄々《うすうす》は勘づいてたけど、俺と同類だと思っていたかった！」

優しそうだけどパッとしない感じの従業員がそう嘆《なげ》くと、他の男性たちもジャックさんに近づいて背中や腕をバシッと叩いた。

……結構強めに。

「ちょっ、痛いって！」

「なんだよお前、かっこいい奴は最初からそうしてろよな！」

「同じ制服なのか疑問に思うぐらい違うじゃん！」

そう叫んだのは、ちょっとぽっちゃり気味の男性だ。

うん、確かに……同じ制服だとは思えないね。でもその丸い感じも安心感があっていいと思うな。

ジャックさんの予想以上のかっこよさに皆で盛り上がっていると、休憩室の扉が開いてギャスパー様が入ってきた。

「騒いでどうしたんだい？」

「あっ、ギャスパー様、おはようございます。うるさくしてしまい申し訳ございません」

「いや、まだ始業前だから構わないよ」

「ジャックとレーナの制服姿に、驚いて盛り上がっていまして……」

ぽっちゃり気味の男性がそう伝えると、ギャスパー様の視線がジャックさんと私に向いた。

そして上から下までじっくりと眺めてから満足そうに一つ頷く。

「2人とも似合っているね。商会員の仕事は見た目も武器になるから、2人は他の能力に加えてその面でも貢献してもらいたい。レーナはまだ子供だけれど、ジャックは素晴らしいよ。すぐにでも店に出て欲しいね」

ギャスパー様の言葉に、ジャックさんは真剣な表情で頷いた。そうした仕草《しぐさ》一つ一つがいちいち絵になる。

これはあれだね、私の中でジャックさんが推《お》しになりそうだ。アイドルをしてくれたらライブに行って端からグッズを買って、ポスターを部屋の壁に貼っちゃうぐらい好きな容姿かもしれない。

「そうだ。ちょうど皆が集まってるし、レーナとジャックに挨拶をしてもらおうか。ニナ、店の方にいる皆も呼んでくれるかい？」

「かしこまりました」

それからすぐに本店で働く従業員全員が集まり、私とジャックさんが紹介された。

「まずはジャックだけど、今日から本店勤務になった。皆とはすでに面識があると思うけど、これからは同じ店舗で働く仲間になるから仲良くね。ジャック、挨拶を」

「かしこまりました。このたび本店勤務となりましたジャックです。ここで働くのは最初に研修を受けた時以来なので少し緊張していますが、精一杯頑張りますのでご指導よろしくお願いいたします」

ジャックさんの挨拶に、他の従業員は笑顔で拍手《はくしゅ》をしている。本当に雰囲気のいい職場だよね……それもこれもギャスパー様の手腕なのかな。

「ありがとう。確かジャックは計算が苦手だったかい？」

「はい。……まだ克服しきれず、申し訳ございません」

「構わないよ。ジャックがここに雇われてから努力しているのは知ってるからね。じゃあ皆、お互いに弱点を補《おぎな》いながら働くように。ジャックの容姿は皆で最大限に活用しなさい。その代わりジャックの苦手な部分を補うように」

ギャスパー様が言うと、ぽっちゃり気味の男性が、

「計算は僕が助けるよ」

とキメ顔で言った。

「ポールは確かに計算は凄いけど、もう少し痩せる努力をしようか。ジャックは苦手を克服しようと頑張っているよ？」

しかしにっこりと綺麗な笑みを浮かべたギャスパー様に突っ込まれて、笑いが起きる。

「ははは、ポール言われてるぞ」

「うぅ……努力します」

「お前はまず昼食の量を減らすところからだな。ラスート包みを３つ食べたあとに、甘いお菓子を時間いっぱい頬張《ほおば》るのはやめるべきじゃないか？」

いやいや、それは食べすぎだよ。ラスート包みは日本にあったものに例えたら……トルティーヤ？　みたいな感じのやつだ。ジャックさんがお昼にたまに持ってきていた。

この世界には小麦粉に似たラスートがあるけど、パンのようなものはなくて、ラスートに水とソルを加えたものをフライパンで焼いて生地にして、それでいろんな具材を包むのが一般的なのだそうだ。

ジャックさんが持ってきていたのは、かなり大きくてボリュームがありそうだった。あれを３つ食べてから甘いものを食べまくってるとか……それは太るよ。逆に今ぐらいで抑《おさ》えられてるのは凄い。

「ポールはしばらく甘いものを禁止にしようか？」

「ギャスパー様、それだけはやめてください！」

「ははは っ、じゃあ1日に1つにしてみなさい。健康のためにもその方がいい。ポールの能力は他に代えられるようなものじゃないんだから、長生きしてくれないと困るよ？」

「あ、ありがとうございます。頑張ります」

ポールさんは嬉しそうな笑みを浮かべ、素直に頷いた。

ギャスパー様ってやる気にさせるのが上手いっていうか、なんて言うんだろう……人たらしというか、この人のために頑張ろうって思わせる人だよね。

こういう人の下で働くのは楽しいのだ。

瀬名風花が働いてた会社の上司もまさにそういうタイプの人で、仕事が嫌だと友達が愚痴《ぐち》る中、私は1人で凄く楽しいと語って、理解できないという顔をされていた。

でもあれは見栄《みえ》でもなんでもなく、本心だったのだ。

仕事の楽しさややりがいは、上司や同僚で変わる。その点でこのロペス商会は、今のところ最高の職場だ。

「では話を戻すけれど、次はレーナを紹介するよ。皆も知っての通り、レーナは筆算を考えた子だ。とても優秀で、敬語をすぐに覚えたし、読み書きも勉強中だけれど類を見ないペースで習得しているらしい。私はそんなレーナの有能さを聞いて正式に雇うことにした。スラムにレーナのような人材が眠っているのなら、これから発掘したいと考えている。常識の違いなどがあって苦労すると思うから、しばらくは皆で目をかけてやって欲しい」

ギャスパー様はそう説明すると、私の背中を軽く押して一歩前に出させた。

「ではレーナ、挨拶を」

「は、はいっ。初めまして、レーナと申します。スラム街で生まれ育った私ですが、少しでもお役に立てるよう一生懸命に勉強して、仕事に励もうと思っています。色々と教えていただけると嬉しいです。よろしくお願いします」

挨拶に問題がなかったのかは分からないけど、とりあえず皆が笑顔で拍手をしてくれてるから大丈夫かな……。

「レーナには筆算の授業をやってもらうつもりだから、皆は身につけられるように頑張って欲しい。それ以外は帳簿の確認作業をしてもらったり、新人として配達や雑用などをしてもらおうと思ってる。教育係はニナだけど、皆も助けてあげて欲しい。よろしく頼むよ」

「かしこまりました。レーナ、これからよろしくな」

「筆算には驚いたよ。授業を楽しみにしてるね」

「分からないことがあれば、なんでも聞いてな」

ギャスパー様の説明を聞いた皆は、私に向かって優しい言葉をかけてくれた。私は凄く嬉しくて頬が緩んでしまう。

「ありがとうございます。よろしくお願いします」

そうして最初の挨拶をとてもいい雰囲気で終えられた私は、ニナさんにお店を案内してもらうことになった。


「レーナちゃん、まずは休憩室から案内するわね。さっきも使ったけどここが女性用の更衣室よ。そして隣が男性用で、その隣がトイレね」

このお店は裏口から入るとそのまま休憩室に行けるようになっていて、休憩室には裏口の他に扉が４つある。

そのうちの１つは廊下に繋がっているけど、他の３つは更衣室とトイレみたいだ。休憩室にあるものは、鏡といくつかの棚、それから真ん中に大きなテーブルと椅子。

「トイレの使い方なんだけど……あっ、魔道具のトイレは使ったことある？」

「いえ、ないです。ジャックさんにどういうものかは説明してもらいました」

「それなら使い方だけ教えるわ」

ニナさんが扉を開いた先にあったのは……狭い空間にポツンと設置された茶色い器？　だった。これがトイレなの？

「その茶色い器に用を足して、側面にある白いレバーを手前に引くの。そうすると青草が汚物を分解して肥料に変えて、それから底に穴が開いて風魔法で肥料集積場まで運んでくれるわ。トイレの前の籠に入っている紙は使ったことがあるかしら？」

「はい。街中の食堂で一度だけ」

「なら大丈夫ね。その紙も青草が分解するから使ったら器に入れてね」

この紙は日本で言うトイレットペーパーのようなものだ。

それよりも少し固めだけど、スラムでは葉を使っていたことを考えると、比べ物にならないほどに快適だ。

「じゃあ次は……給水器の使い方を教えましょうか」

トイレのドアを閉めたニナさんは、休憩室にある棚に向かった。

棚の一角に設置されている四角い小さな箱？　のようなものを指差して、説明してくれる。

「給水器よ。これも魔道具で、この横にあるボタンを押し込むと水が出てくるの。もう一度押すと水は止まるわ。この桶に水を溜めて、手を洗ったりする時に自由に使ってね。指先の綺麗さは重要だから、トイレや食事のあとは洗うように。喉《のど》が渇いた時の飲み水にもなるわ。ここにある木製のコップは誰でも使ってよくて、使ったら洗って布で拭いて、こっちに置いておくこと。この棚に入っているコップは個人のものだから、レーナちゃんも自分のコップを持ってきたらここに置いてね」

要するに、水道の蛇口《じゃぐち》みたいな魔道具ってことか。魔道具って凄いね、本当に便利。

でも一般的な平民は魔法使いに頼んだり、いろんなところで売ってる水を買うって話だった。

この便利さに慣れすぎないように気をつけよう。

「魔道具は便利ですね」

「そうなのよ。私も自分の部屋に欲しいわ。このお店にはあと1つ、光花の魔道具もあるから覚えておいてね」

ニナさんはそう言って、壁の高い位置に設置されている光花を指差した。

スラムで使われていた光花は、植物魔法が得意な人が育てて木の器に咲かせていたけど、何が違うんだろう。見た目は普通の光花な気がするけど……。

「ここにあるボタンを押すと花が光って、こっちを押すと消えるわ」

「え、光花の光って消せるんですか⁉」

「普通は無理なんだけどね、この魔道具ではそれが実現されてるのよ。便利でいいわよね」

それは凄い、便利すぎる。光花って一度咲いたらそれから数カ月咲き続けて、その間はずっと光り続けているのだ。だからスラム街では、光がいらない時は、光花に大きな器を被せたりしていた。

魔道具って本当に凄い、考えた人は天才だよ。ボタンでつけたり消したりできるのなら、日本の電球と変わらない便利さだ。

こっちの方が見た目は可愛いから、私の中では光花の方が電球よりポイントが高いかも。

「ここの魔道具はこれだけだから、他に風を起こして欲しいとか、火種が欲しいとか、温暖魔法や冷却魔法が必要だとか、そういう時は魔法使いに頼んでね。この店舗にいる皆は魔法があんまり得意じゃないから、基本的には誰も自分で魔法を使わないのよ」

「そうなんですね。ニナさんは……水の女神様から加護を得ているんですね」

左手の中指に青色の綺麗な宝石が嵌まった指輪を確認して言うと、ニナさんは少しだけ残念そうな表情で、指輪を撫でながらそばにいる青色の精霊を見つめた。

普段はいるのが当たり前すぎて意識しないけど、精霊は建物にも自由に入ってきて、休憩室にも何体かふわふわと浮かんでいる。

「ええ、でも私は精霊魔法がかなり苦手なの。加護が分かって最初は嬉しくて練習したんだけど、周囲の魔力がなくなっちゃうから使うなって家族に言われて、それからはほとんど使ってないわ」

ニナさんは少し拗ねたように口にして、しかしすぐに表情を元に戻した。

やっぱり得意不得意はかなりあるんだね。そういえばジャックさんも、魔法を使ってるところは見たことがないかも。

魔法が得意な人って案外少ないのかな……私は得意だったらいいな。

「さて、気を取り直して案内を続けるわね。次は他の部屋よ」

「よろしくお願いします」

ドアを開いたニナさんに続き、私も休憩室をあとにした。

廊下に出ると、右斜め前のドアがまず目に入る。この先が店舗らしい。

「今の時間は……あと少しで開店ね。先に店内を案内しちゃいましょうか」

時計を見てみると、今は4の刻の11時を少し過ぎた頃だ。今日はかなり早めに来たので、私の勤務が始まる5の刻までまだ時間がある。ちなみにお店の開店時間も5の刻らしい。

ドアを開くと、そこは店舗のカウンターの中のようだった。

他の従業員たちが忙しく準備を進めていて、ぐるりと店内を見回すと商品はすでに並べられているようだ。

「うちの商会が扱うのは高級食品が中心で、あっちの棚が生鮮品《せいせんひん》、向こうが調味料系のもの、そして向こうがスパイスや他国からの珍しい輸入品ね。高いものは少しだけ店頭に置いて、あとはカウンターの中と2階の倉庫に在庫があるわ」

高級食品が中心という言葉通り、私の知っているものはほとんどないみたいだ。

見たことがある野菜や肉も木箱に入れられていたりするから、ブランド品とか見た目は似ているけど希少なものとか、市場で売ってるのとは一線を画《かく》すものなのだろう。

「スラム街支店で売っているようなものは、ここでは一切売っていないのですか？」

「売ってないわね。そういうものはどこでも買えるから、同じものを売っていても仕方がないのよ。市場のお店との差別化が大事よ」

確かにそれは大切だ。市場の方が気軽に行けるし、同じものを売ってたらわざわざここに来る人は少ないだろう。

「私の知らない商品ばかりなので、どんなものなのかあとで教えてもらえますか？」

「それはもちろんよ。商品の一覧が載った資料を渡すわ。それを読んで分からないところや読めない部分があったら聞いてくれればいいから」

「ありがとうございます」

「じゃあ次に行くわよ。次はあそこにある部屋なんだけど」

ニナさんが示したのは、お客様の入り口から見て右側の奥にあるドアだ。ちなみにカウンターは左奥にある。

「ここは応接室よ」

「おおっ、豪華ですね」

ギャスパー様の商会長室よりも見た目は華やかだ。ソファーとテーブルは装飾された優美なものだし、壁紙もお洒落で生花《せいか》が花瓶に生けられている。

「ここは大口の取引をしてくださるお客様と話をする場所なの。基本的にはギャスパー様が応対して、私たちはお茶やお菓子をお出しするわ。その扉がさっきの廊下に繋がってるわよ」

応接室の入り口の左側にドアがあり、そこが廊下と繋がっているらしい。

そのドアから廊下に戻ると、休憩室は左斜め前だ。そして目の前には、この店舗の1階でまだ唯一入っていない部屋がある。

「ここはどんな部屋でしょうか？」

「資料室よ。お客様の資料だったり、売り上げや入荷についての資料だったり、他にも色々とまとめられているわ。レーナちゃんは帳簿の計算の確認もするって聞いてるけど、それをするのはこの部屋ね」

ニナさんがドアを開いてくれたので中を覗くと、今は誰もいない薄暗い部屋だった。

左右の壁に高い本棚が備えつけられ、ほぼ隙間なく資料が詰まっている。真ん中に大きめのテーブルセットがあり、そこで作業をするのだろう。

「ここの本棚に入りきらなくなったものは、２階の倉庫に移動するの。ここのものは基本的に店外持ち出し禁止だから覚えておいてね」

「分かりました。気をつけます」

「じゃあこれで1階は終わりよ。次は2階に行きましょう」

階段は資料室から出て左手の廊下の突き当たりにあり、2階に上がると、4つのドアがあった。

この前に入ったギャスパー様の商会長室は、左奥にある部屋だ。

「右側の2つのドアは同じ部屋に繋がっていて、そこが倉庫よ。あまり使わない道具とか、店舗に入りきらない長期保存できる商品を入れているわ。そして左側の手前が会議室で、奥が商会長室ね」

ニナさんは、商会長室以外の部屋のドアを開けて中を見せてくれた。会議室はテーブルと椅子が置かれたごくごくシンプルな部屋で、倉庫にはものがかなり詰まっていた。

でも雑然とした感じはなく、全てが綺麗に整えられているところから、このお店の高級感が伝わってくる。

「これで案内は終わりよ。何か質問はある？」

「いえ、今のところは大丈夫です。案内をありがとうございます」

「確かにまだ何もしてないものね。これから働く上で分からないことが出てきたら、なんでも聞いてね」

「分かりました。その時はよろしくお願いします」

軽く頭を下げると、ニナさんはにっこりと楽しそうな笑みを浮かべて、

「さて」

と、一区切りをつけた。

「さっそくだけど、レーナちゃんには仕事をしてもらいましょうか。実は今日の午前中にしてもらう仕事は決まってるのよ。説明するから休憩室に戻りましょう」

おおっ、ついに仕事開始だ。どんなことをするのかとわくわくしながら、階段を下りていくニナさんを追いかけた。


休憩室に戻って、どこかに荷物を取りに行ったニナさんを待っていると、大きめの肩掛け鞄を手にして戻ってきた。さらに1枚の丈夫そうな紙を持っている。

「お待たせ。レーナちゃんの最初の仕事は配達よ。これがこのお店周辺の地図で、こっちに配達する商品が入ってるの。最初だからまずは近場の配達先から2軒《けん》だけ。ことここよ」

ニナさんが指したのは、地図を見る限りではこのお店から歩いてそれほど時間がかからないだろう場所にある建物だった。

1つは大通りをまっすぐ進んで10軒先なので、すぐに分かるはずだ。もう1軒は少し脇道に

逸れるけど、路地というほど狭くなさそうだしその道から数軒先なので、こっちも迷うことはないだろう。

「地図は道路や建物の位置関係が正確に描かれていて、実際の大きさをこの紙に収まるぐらいに小さくしたものなの。道路も建物も全てを同じだけ小さくしてあるから、位置関係は実際と変わらないわ」

ニナさんの説明によると、この世界の地図は日本のものと大差ないことが分かった。これなら私でも問題なく配達ができそうだ。地図が読めない方向音痴《おんち》じゃなくてよかった。

「地図については大丈夫かしら？」

「はい。見方は分かりました」

「……レーナちゃんは本当に凄いわね。理解力が高すぎて驚くなんてものじゃないわ」

「こういう数字……を使ったようなものは得意なんです」

「確かに筆算を考えたんだものね」

ニナさんは私の言い訳を聞いて納得してくれたのか、感心したように頷いた。そして今度は地図を端に避けて、大きな肩掛け鞄を私の前に置く。

「次は配達物について教えるわね。今回配達するのは果物とお肉、それからいくつかの調味料よ。大通り沿いに店を構えるカフェへ配達するのが果物で、お肉と調味料は脇道に入ったところにある魔道具工房ね。この果物と調味料は常温で保存できるからそのままだけど、お肉は冷却魔法で半刻だけ冷やしてあるわ。その旨《むね》をしっかりとお伝えしてね」

冷却魔法でお肉を腐《くさ》らないように冷やすことができるのか……スラム街で行われてなかったってことは、冷却魔法の中で難易度の高い魔法なのか、そもそも呪文がスラム街で知られていないのか。

精霊魔法も奥が深くて面白いよね……いつかちゃんと勉強してみたい。

「分かりました。配達したらサインをもらったりするのでしょうか？」

「ええ、商品を渡す時にこの注文書の内容と商品を確認してもらって、お金を受け取って商品を渡してから、最後に注文書のこの部分にサインをもらうの。それで配達は終了よ」

「配達先に誰もいなかったらどうすればいいですか？」

「基本的に配達の日時と時刻はお客様が決められるから、いないことはないと思うけど、もしいない場合はこの不在連絡用紙を玄関の外にあるボックスに入れて帰ってきていいわ。これがあれば一度配達に行ったことがお客様に分かるから、あとで取りに来てくださるの」

ニナさんの説明を必死に頭の中で整理して、重要な部分を記憶した。

今はまだ読み書きが十分にできないので、教えてもらったことのメモを取れないのだ。それにペンもメモ用紙もない。

「他に質問はある？」

「いえ、大丈夫だと思います」

覚えたことを忘れないように頭をフル活動させながら頷くと、ニナさんは優しい笑みを浮かべてくれた。

「じゃあ、頼んだわよ。最初だから時間がかかるのは仕方がないから、お客様に失礼のないように。それから分からなくなったらすぐ戻ってくるように」

「分かりました」

荷物が入って重さのある鞄を肩に掛けて、地図を持ったら準備完了だ。ニナさんに見送られて、裏口からお店を出た。


どんな商品なのか、商品の名前、さらには配達する時にやらないといけないこと、配達先のお店の名前と依頼主の名前。教えてもらったことを頭の中で繰り返しながら、大通りを歩いていく。

こんなに頭を使ったのは、瀬名風花の時に受けた大学受験以来な気がする。

ただ今まで何度も感じてきたように、レーナは頭がいいので、瀬名風花の時より無理なく覚えられている。

レーナは記憶力、情報処理能力、その他諸々《もろもろ》のレベルがとても高いのだ。

「えっと……ここだね。リーン喫茶店。看板に書いてある文字とこの紙に書いてある文字は、一致してる」

あまり読めなくても役立つだろうからと、ニナさんが渡してくれたメモと店名を見比べて、合っていることを確認してから裏口のドアを叩いた。

「ロペス商会です。ご注文の品物をお届けに参りました」

緊張しつつ声をかけると、中から返事が聞こえてすぐにドアが開く。

「お待たせいたしました。いつもありがとうございます。……あら、今日は可愛い配達員さんなのね」

顔を出したのはふわふわした赤毛が特徴的な、優しそうな女性だ。この人がリーンさんなのかな。

「レーナと申します。本日からロペス商会で働くことになりました。これからは私が配達に来ることが多くなると思いますが、よろしくお願いいたします」

「丁寧にありがとう。レーナさんね。私はこのカフェの店主でリーンと言います。これからよろしくね」

リーンさんはにっこりと、なんだか安心する笑みを浮かべてくれた。初仕事で緊張していた私の体から余計《よけい》な力が抜けた。

「ではさっそくですが、ご注文の商品のご確認をお願いいたします」

鞄から果物を取り出して、さらに注文書の内容も確認してもらう。

「カミュが3房、1房が小銀貨2枚ですので3つで小銀貨6枚です」

「今回もとても美味しそうね。……はい、どれも品質に問題はないわ。小銀貨6枚、お納《おさ》めください」

リーンさんは丁寧な手つきで1房ずつ、傷などがないかを確認すると、代金を手渡してくれた。私が伝えるまでもなく、注文書にサインを書いてくれる。ペンとインクを出すこともなかった。

「ありがとうございます。これからもよろしくお願いいたします」

「こちらこそよろしくね」

裏口のドアが閉まって、少しだけ場所を移動した私は、思わず大きなため息をこぼしてしまった。凄く緊張してたけど、とりあえずミスしなくてよかった。

さっそく次の配達先に向かって歩きながら、さっきのやり取りを思い返す。

リーンさんが優しい人で本当に助かったよね……多分ニナさんかギャスパー様が、最初だからってリーンさんのところを選んでくれたのだろう。本当にありがたい。

「それにしても、あのカミュ、凄く美味しそうだったな」

実はカミュは、スラムに近い森でもたまに採取できて、私も何度か食べたことがあるのだ。

でもさっきのカミュは、スラムで食べていたものとは別物《べつもの》だった。スラムのカミュが小指の先ほどの大きさなのに対して、あのカミュは親指の先……いやもっと大きかったのだ。

さらには顔を近づけなくても甘い香りが漂ってきていたし、色も少し違う気がする。スラムのカミュは渋みがかなりあったけど、あのカミュはもっと甘くて美味しいんだろう。

1房で小銀貨2枚なんて今はとても手が出ないけど、そのうちにたまの贅沢として買えるぐらいの生活ができるようになりたいな。

そのためにも……今は仕事を頑張ろう。

リーンさんのお店から次の配達先までは、大通りを少し進んで脇道に入り、数軒先だ。魔道具工房らしいその建物は、少し奥まったところにあり、ひっそりと目立たない。

「こんにちは。ロペス商会です。ご注文の品をお届けに参りました」

ドアをノックして声をかけたけど、何も反応がなかった。

もしかして、誰もいないのかな……不在連絡用紙を入れておこうか。

そう思ったけど一応と、もう一度ノックをして、さっきよりも大きな声で呼びかけてみると……。

「今は手が離せないんだ。鍵は空いてるから中に入って欲しい！」

そんな声が聞こえてきた。

いいのかな……そう思いつつ、家主《やぬし》が言うならとドアを開けると、そこは生活感のあるリビングのような空間だった。しかしここにも誰もいない。

「こっちまで来てくれるか？　代金はここに置いてある」

さらに声が聞こえたので、部屋の奥にあるドアを開けると……その先には工房があった。

棚や机によく分からない素材のようなものが、雑然と置かれている。

そんな工房の中央にあるテーブルで何か作業をしているのは、細身で背の高い男性だ。硬めの黒髪を小綺麗に切っていて眼鏡《めがね》をかけている。

清潔感があってかっこいいけど……目つきは鋭《するど》く、神経質そうな人に見えてしまった。確か名前はダスティンさんだ。

「ん？　いつもの配達員じゃないのか」

「はい。本日からロペス商会で働くことになりました。レーナと申します。よろしくお願いいたします」

「ああ、よろしくな。すまないがそこにある財布《さいふ》から金を取ってくれるか？　今どうしても手が離せないんだ。片手は使えるからサインは書こう」

「かしこまりました」

よく分からない丸い何かを作っている男性の手元が気になったけど、さすがにどんなものかを聞くのは失礼かと思って目を逸らした。

鞄から商品を取り出して、注文書を男性の前に掲《かか》げるようにして読んでもらう。

「調味料とお肉の配達です。お肉の冷却魔法はあと4半刻程度しか残っていませんので、お気をつけくださいせ」

「そうか――『水を司る精霊よ、我々の命の糧《かて》となりし食材をルノスの実が溶けるまで、カラレア山の頂上にある精霊湖の表層の温度に冷やし給え』――これでいい」

す、凄い……！　全く聞いたことがない言葉のオンパレードな呪文をサラサラっと口にすると、一瞬にして肉が凍《こお》った。

凍らせるのは、かなり冷却魔法が得意じゃないと難しいんだって、さっきニナさんが言ってたのに。

「今の魔法って……」

「ああ、私は精霊魔法が得意なんだ。ちょっとした伝手で学ぶ機会があって、呪文も色々と知っているから精霊も答えてくれる」

「凄いですね。とても綺麗でした」

精霊はふわふわと、面倒くさそうにというか興味なさそうにというか、そんな感じで魔法を発動するのが普通だと思ってたのに、さっき男性が呪文を唱えたら、精霊は凄く張り切って肉の周りをくるくると回っていた。

精霊魔法って、得意不得意、勉強してるしてないでこんなに違うんだね。

うわぁ……凄く勉強したい。私の人生の目標に、精霊魔法を高レベルで習得すること、も追加しよう。

「サインが必要なんだろう？」

「あっ、そうでした。申し訳ございません」

先ほどの光景と呪文が頭から離れなくて、ぼーっとしていたら、男性の声で我に返った。

インクをつけたペンを渡してサインを書いてもらい、男性にも確認してもらいながらお金を受け取る。

「ありがとう。手間をかけさせて悪かったな」

「いえ、これからも手が空いてない時がありましたら、お気軽に中までお呼びください」

そう言って軽く頭を下げて、色々と面白そうな工房の中をじっくりと見て回りたい衝動を必死に堪《こら》え、部屋から出ようと後ろを振り返ると……そこに、思わず声を上げてしまうものを見つけた。

「こ、この時計って、普通に売ってるんですか⁉」

工房の入り口にあるドアの上の時計。それに何気なく視線を向けたら、貸与された時計と少し違ったのだ。

貸与されたのと同じ時計の横に、数字が10までしかない小さな時計がついている。その針はチクタクと、瀬名風花の記憶にある秒針《びょうしん》とほとんど同じ速度で動いているのだ。

秒針らしきものがてっぺんの10を通った時、それよりも少し短い針が1つ動いた。

もらった時計や、ジャックさんの話を聞いた限りだと、この世界には何分や何秒みたいな細かい時間の単位はないと思ってたけど、これを見るともしかしてあるのかも！

「……それは自作の時計だ。他では売っていない」

「そ、そうなんですね……」

まさかの時計を自作とか……凄いね。凄いけどショックだ。この時計があったら凄く便利だと思ったのに。

この国では細かい時間を気にしないから、借りた時計でも問題はないんだけど、やっぱり私は地球で生きてきたから、分単位が分からないのは少しストレスだったのだ。

「君はレーナと言ったか？　その時計の意味が分かるのか？」

「えっと……多分ですが、こちらの数字が10までしかない小さい時計で、短針が一周するとこちらの一般的な時計の長針が1つ動くのではないかと。絶え間なく動いている小さい時計の長針が……何周したら短針が動くのでしょうか？」

「6周だ。小さい時計の長針が6周すると1つ短針が動き、小さい時計の短針が1周すると、数字が12まである大きい時計の長針が1つ動く」

ということは……もしかして、この世界って約60秒で1分という、地球とあまり変わらない時間の概念があるんじゃないだろうか。

10までの小さい時計で長針が6周、つまり60回動いたら小さい時計の短針が1つ進むということになる。それは小さい時計で短針が1つ進むと、1分とも表現できるはずだ。

さらに小さい時計で短針が1周、数字は10までだから10分経つと、大きい時計の長針が1つ動く。大きい時計は数字が12個あるから、長針が1周するには10分が12回、要するに120分必要になる。

ということは大きい時計の長針の1周、つまりこの世界でいう1刻は2時間となる。

これって……私の予想通りじゃん！

そして1刻が2時間ならこの世界では1の刻から12の刻まであるんだから、1日は24時間ってことだ。凄い、日本とほぼ同じだ！

この小さい時計の長針、いわゆる秒針の速度が日本とは少し違うかもしれないから、厳密な

24時間ではないと思うけど、こうして見ている限りは、そう外れてない気がする。

凄い、なんかこういう共通点って嬉しい！　感動して思わず時計の動きをずっと見上げていると……いつの間に作業を中断したのか、ダスティンさんが私の隣に立っていた。

「……ダスティンさん？」

私の顔をじっと覗き込んで何も言わない様子に恐る恐る声をかけると、ダスティンさんは眉間の皺を深くした。

「私の名前を知っているのか？」

「お客様ですから……」

「そうか」

なになに、なんだか怖い顔だよ？　そんなに変なこと言ってないよね……？　時計に興味を持つ子供はおかしいのかな。

「この時計をどこかで見たことがあるのか？　工房に来た者がこの時計に興味を示したことはほとんどない。あったとしても、奇妙な時計だな、と言われるだけだ。しかしお前は、すぐにこの時計が欲しいという反応を見せた。さらに一目見ただけでこの時計の仕組みを理解しただろう？　この国には細かい時間を気にする文化はないのに、一目見てすぐにだ」

――た、確かに。そう聞くと変な子供すぎる。

もしかして私、やらかした？　できる限り特異に見える行動は避けようと思ってたのに！

でも、時計を見つけたのが嬉しかったから……買えるなら欲しいと思ったたし、この世界での何分何秒の概念を教えてもらいたかったし……。

自分の中で言い訳をして現実逃避をしたくても、目の前にいるダスティンさんから逃げることはできない。

とりあえず「この国には細かい時間を気にする文化はない」ってことから、他国にはそういう文化があると推測できる。それなら私が他国の出身……スパイ？　とかだと疑われないようにしないと。

「私は……数字に関しては天才、らしいです」

あまり目立ちたくないいんだけど、変に疑われるよりはと、自分の能力が高いという理由にすることに決めた。

「ギャスパー様がそう言っていました。私の考えた計算方法が便利でいいから、この歳でロペス商会に正式に雇ってもらえて……」

「ほう、新しい計算方法とはなんだ？」

よしっ、ちょっと意識を逸らせたかも。私は数字の天才なんかじゃないんだけど、この方向で行くしかない。私の算数知識、頑張れ！

「紙はあるでしょうか」

「ああ、これを使っていい」

「ありがとうございます」

ダスティンさんから受け取った紙を机に置き、持ってきたペンで足し算、引き算、掛け算、割り算の筆算を書いた。そしてダスティンさんに紙を渡す。

「こんな感じで紙に書いて計算をすれば、計算機がなくても大きな計算ができるというものです。ギャスパー様曰く、算術に似ているけれど、それよりも簡単でいいとか」

「――面白いな。足すのと引くのはすぐに分かるが、数字を掛けるのと割るのは凄い。私は算術も少し知っているが、それよりも分かりやすい。無駄を省《はぶ》いた感じだ」

ダスティンさんは紙をしばらく凝視してから、楽しそうに呟いた。私がここに来てから初めて見る笑顔を浮かべている。

この人……笑顔になるとちょっと幼くて可愛いかも。思ってるより若いのかな。20代後半ぐらいと思ったけど、もしかして20歳ぐらいなんだろうか。

「レーナ、これを思いついたのは凄い。なぜこれを考えようと思ったんだ？　計算を習っている時か？」

「いえ、あの……私はスラム出身でして、学べなかったので自然にと言いますか。頭の中で計

算するのがそれほど得意ではないので、間違えない楽な方法を考えました」

どうにか誤魔化そうと悩みながら話をすると、ダスティンさんは私の顔をずいっと覗き込んできた。

「スラム出身なのか。スラムにこんな才能の持ち主がいるとは、ロペス商会の商会長は見る目があるな」

「そうなんです。見つけていただけて、本当にありがたいです」

よかった……才能がある子って感じでなんとか納得してもらえたみたいだ。これからはもっと、目立ちすぎないように気をつけないとね。

「そうだ、レーナは魔道具に興味があるだろう？　ここに入ってきた時から、視線が何度も魔道具に向いていた。それならば、配達以外でもここに来るといい。レーナと話すのは楽しそうだ」

そう言ってダスティンさんが浮かべた笑みは……今度は何かを企《たくら》んでいるような、少し黒い笑顔だった。ちょっと怖いんだけど……！

「ありがとう、ございます」

「私は魔道具師として既存の魔道具を作成しているが、研究もしている。スラム出身で数字に関して特異な才能のあるレーナなら、いいアイデアが思い浮かびそうだ」

え……私に魔道具を見せてくれて、アイデアを聞いてくれるってこと？　それってつまり、
私も魔道具研究に関わらせてくれるってこと⁉

「あの、本当に来てもいいんですか⁉」

「もちろんだ。待っている」

「ありがとうございます！」

変な子だと思われることや目立つ危険性よりも、魔道具の魅力に抗《あらが》えず、ダスティンさんの提案に頷いてしまった。だってせっかくこんなにファンタジーな世界なんだから、精霊魔法や魔道具に関わってみたいのだ。

魔道具の研究なんて、最高に面白そう！

「そろそろ戻らなくてもいいのか？　配達の途中だろう？」

「あっ、そうでした。ではまた、来られる時に来ますね！」

かなり時間が経っていることに気づき、急いで荷物をまとめて工房をあとにした。

工房からお店までの道のりを走りながら、これからの生活が楽しくなりそうな予感に、自然に頬が緩んでしまう。

「申し訳ありませんっ。遅くなりました！」

裏口からお店に入り、休憩室にいたニナさんを見つけてすぐに謝った。

「あっ、レーナちゃん。遅いからどうしたのかと思ってたのよ。何か問題でもあった？」

「いえ、ダスティンさんの工房で手が離せないから中に入ってきてと頼まれて、少し話し込んでしまいまして……本当に申し訳ございません」

「ああ、そういうことね。道に迷ったとかじゃなければよかったわ。配達員と話したいお客様はいるから、長すぎない程度なら話をしてもいいわ。慣れてくれれば切り上げ時《どき》が分かってくるから」

そんな感じなんだ……よかった。最初から仕事ができない烙印《らくいん》を押されるところだった。気をつけよう、ダスティンさんの工房への配達は鬼門《きもん》だ。

「お客様に満足していただける程度に話をして、上手く切り上げて配達もスムーズに済ませられるように頑張ります」

「……レーナちゃん、本当に凄いわね。働くのが初めてなのに、最初から的確に反省できるなんて」

——確かに。瀬名風花として働いてた時の癖が出ちゃったかも。

この世界に上手く馴染《なじ》んで、10歳の女の子として不自然じゃない程度に有能さを見せるのって本当に難しいな。街中に来てからもう何度もやらかしてる気がする。

「スラム街の支店で働いていたので……」

「ああ、確かにそうだったわね。じゃあレーナちゃん、少し早いけど私は休憩に入るから、一緒に休憩にしましょう。お昼ご飯を食べに行くわよ」

ニナさんはそう言いながらパチっとウインクをすると、私が鞄を片付けてる間に更衣室から財布を持ってきた。

「私もお金を取ってきますね」

財布はないけど、支店で働いてた時に稼いだ給料をロッカーに入れてあるのだ。何かしらの食べ物は買えるだろう。

「レーナちゃん、今日は私の奢りよ？」

「えっと……いいのでしょうか？」

「もちろん。初日ぐらい奢るわ」

更衣室に入ろうとすると止められて、笑顔のニナさんにそう言われてしまった。

ここは……甘えてもいいかな。10日後にもらえるまではお金が足りないから、街中でもお昼は焼きポーツかなと思っていたのだ。

「では、お言葉に甘えて」

「そうこなくっちゃ。じゃあ行きましょう！」

ニナさんは私と行くことを嬉しく思っているようで、満面の笑みで私の手を引いた。

そして連れていかれたのは……近くの市場にある屋台だった。とても美味しそうな香りが漂ってきている。

「ここを勧めたかったの。食堂はこの前ジャックが連れていったでしょう？　あそことこの屋台が、うちの従業員の間で人気のお店よ」

売っている商品を覗いてみると、美味しそうなラスート包みだった。ポールさんがお昼ご飯に3個も食べてるっていうあれかな。

「いらっしゃいませ。おっ、ニナちゃんじゃないか。その子は新しい商会員か？　随分と小さいな」

「最年少の商会員よ。レーナちゃんって言うの」

「レーナです。よろしくお願いします」

「おう、よろしくな。気に入ったら贔屓《ひいき》にしてくれよ」

店員のおじさんは、ニカっと気持ちのいい笑みを浮かべた。街中に段々と知り合いが増えるのは嬉しいな。

「おすすめはどれですか？」

「おっ、最初からおすすめを聞くとは見込みがあるな。俺はやっぱりハルーツの胸肉をソルで焼いて、キャレーの千切りとで巻いたやつが一番美味いと思うぞ。まあ俺が作ってるから、どれも美味いんだけどな」

そう言って豪快に笑うおじさんに釣られて、私も笑顔になった。

「じゃあ、私はそれにします」

「はいよ。ニナちゃんはどうする？」

「私はさっきのレーナちゃんのやつに、大量のオニーを追加で」

「オニーだな。じゃあすぐに作るから、ちょっと待っててくれ」

私たちの注文を聞いておじさんが手にした食材を見るに、キャレーとオニーという名前の何かは、野菜みたいだ。しかしどちらも初めて見るもので、味の想像がつかない。

ちなみにキャレーは真っ赤で大きめの丸い形で、オニーは真っ黒で拳大の四角い形。

「ニナさん、キャレーとオニーってどんな味ですか？」

待ち時間に聞いてみようと声をかけると、ニナさんはよほど驚いたのか大きな声を上げた。

「え、食べたことないの!?」

「はい。街の中は知らないものばかりで」

「そうなのね……じゃあ私のを一口あげるわ。実際に食べてみるのが一番早いもの」

「ありがとうございます」

そんな話をしているうちに出来上がったようで、おじさんが笑顔でラスート包みを渡してくれた。受け取った包みは、温かくてとても美味しそうだ。

「火傷《やけど》しないようにな」

「はい。ありがとうございます」

「今日も美味しそうね。はいこれ、小銀貨1枚でいい？」

「いいぞ。お釣りは……銅貨2枚だな」

ラスート包みは1つが銅貨4枚みたいだ。スラム街だったらかなり高い部類だけど、街中だったら一般的な価格設定なのだろう。

おじさんに挨拶をして休憩室に戻ったところで、さっそく昼食の時間だ。

「周りの紙は食べないように気をつけてね」

「分かりました」

銅貨4枚のものを包むんだから、この世界って紙が安いよね。地球とは原料からして違ったりするのかも。

そんなことを考えながらラスート包みにかぶりつくと、口に入れた瞬間に美味しさが広がって、一気に幸せな気分になった。

「これ、最高に美味しいです！」

まず感じるのは強めに効いたソルの塩味と生地の香ばしさだ。そして何度か咀嚼《そしゃく》すると肉の旨みと、キャレーのわずかな甘み？　が広がる。

このキャレーって野菜、真っ赤だけどキャベツに似た味がする。馴染みがあって美味しい。

「気に入ってくれたみたいでよかったわ。私のも一口どうぞ」

「ありがとうございます」

オニーが気になっていたので遠慮なく一口もらうと、オニーは……か、辛《から》っ！　何これ、口の中が大変なことになってる！

「ふふっ、レーナちゃんにはまだ早かったかしら？」

「か、辛いです……」

これはあれだ、すっごく辛い玉ねぎに似てる。さすがに私には食べられない。

「生《なま》で食べると辛いのよね。でも私はこの辛さが大好きなのよ。火を通すと辛さが抜けて甘くなるから普通はそうするんだけど、私はいつも生で巻いてもらってるの」

そうなんだ……それなら火を通して欲しいです！　もう覚えた、オニーは生で食べたらヤバい。これからは絶対に火を通したやつしか食べない。

それからはオニーのせいで痺《しび》れている舌を元に戻すためにも私のラスート包みを食べて、1つ食べ終えたところでちょうどお腹が満たされた。

「美味しかったわね」

「はい、とても美味しかったです。……ただ、あの辛い生のオニーを美味しそうに食べるニナさんが信じられません」

「ふふっ、生のオニーを気に入ったら、美味しいお店があるから今度奢るわよ？」

「いえ、私は火を通したオニーでお願いします」

生のオニーが美味しいお店とかあるんだね。あの辛いのを他にも好きな人がいるってことが信じられない。

大人になったら美味しく感じるのかな……私はしばらくやめておこう。

「分かったわ。さて、そろそろ休憩を終わりにして仕事に戻りましょうか」

「そうですね。午後もよろしくお願いします」


午後の仕事としてニナさんに連れていかれたのは、休憩室の隣にある資料室だった。ニナさんは棚からいくつかの資料を出すと、テーブルの上に積み上げる。

「とりあえず、レーナちゃんにやって欲しいのは、仕入れ金額と売り上げから算出される利益の計算が合っているかの確認よ。仕入れっていうのは商品をうちの商会が買う時のことで、売り上げはお客様が買ってくださった代金のこと、利益はその差額なの。例えばうちがミリテ1

箱を小銀貨5枚で買って、銀貨1枚でお客様に売ったら利益は小銀貨5枚よ」

仕入れに売り上げ、利益か。なんか仕事っぽくなってきた！

「分かりました。ここに書いてある数字が仕入れ価格でこっちが販売価格、そしてこれが利益の数字ってことですね」

「そう。本当にレーナちゃんは理解力が高いわね。教えていてこんなに楽な子はいないわ」

「ありがとうございます」

「じゃあもう少し話をするけど、本当は利益ってそんなに単純じゃなくて、例えば私たちの給料や消耗品の購入費など、色々と込みで最終的な利益は決まるの。でもとりあえずレーナちゃんは、この書類の意味が分かって計算できれば大丈夫よ」

ニナさんはそこまで話すと、ジャックさんがスラム街支店で使っていた黒い板と白い石を手渡してくれた。

「レーナちゃんは計算機よりもこっちの方がいいかなと思ったんだけど、いいかしら？　計算機の使い方も学びたいのなら教えるけど」

「ありがとうございます。計算機ってすぐに覚えられますか？　……あの棚にあるやつでしょうか？」

「そうよ。覚えれば便利になるけど、筆算ができるレーナちゃんにはいらないかもしれないわね」

「――では皆さんに筆算の授業をして、筆算を身につけても計算機が必要かどうか、意見を聞いてからでもいいでしょうか？」

計算機は見た限りかなり大きくて複雑そうだし、せっかく覚えたのに使い勝手が微妙だったら学ぶ時間が勿体ない。覚えたいことはたくさんあるのだから。

「分かったわ。じゃあとりあえず、計算機はあと回しね。それで計算の確認をして欲しい場所なんだけど……まずは先月、風の月の確認を……ああ、これだわ。これ全部をお願いしたいの。最初だし何日かかってもいいからよろしくね」

ロペス商会の帳簿は、月ごとにまとめられているようだ。ただひと月と言っても、この世界のひと月は1年の4分の1だからかなりの量がある。

「計算を確認したら日付の隣に印をしてね……って、最初の方はちょっと、3週5日まではやってあるみたい。レーナちゃんには、この続きからお願いするわ」

3週5日とは、この世界の日付の呼び方だ。

ジャックさんに教えてもらったところによると、この世界は90日ごとの全4カ月で1年なんだけど、1カ月を9週に分けるらしいのだ。

例えば火の月の6週目初日とかは、火の月6週1日って表現される。慣れないからしばらくは違和感があるだろうけど、これはそんなに分かりづらくないかなと思っている。何よりもややこしいのは時計だよね。

「では風の月3週6日から始めますね」

「ええ、お願いね。間違えてる部分があったら赤いインクで隣に正しい値を書いておいて」

「分かりました」

ニナさんはそこまで説明すると、あとは任せて自分の仕事に戻っていった。静かな資料室の中で、久しぶりに計算に精を出すことにする。

そこまで桁が大きくないから計算自体は簡単だけど、お金で書かれているから慎重にやらないと混乱してしまう。そのうち慣れたらもっと早くできるようになるかな。

ちなみにこの国の通貨は小銀貨の上が銀貨で、その上に金貨、白金貨があると教えてもらった。白金貨は貴族や大きな商会の間でしか基本的には使われないそうだ。

「小銀貨7枚の仕入れ価格で銀貨1枚と小銀貨1枚で販売してて、それがこの日は4つ売れてるから……」

間違えないように口に出しながら計算していく。これはかなり集中力が必要で疲れそうだ。でも……久しぶりのデスクワークがとても楽しい。

それから集中して計算することしばらく。突然聞こえてきたニナさんの声で、ハッと数字の世界から戻ってきた。どのぐらいの時間が経ったんだろう。集中しすぎていた。

「レーナちゃん、凄い集中力ね……え、もうこんなに終わったの!?」

「はい。どのぐらい時間が経ちましたか？」

「そうね……1刻ぐらいだと思うわ」

じゃあ約2時間か。久しぶりだから凄く集中できたかも。うぅ〜ん、でもさすがにちょっと疲れたかな。

「本当は半刻で様子を見に来ようと思っていたんだけど、お客様との話が長引いちゃって、ごめんなさいね。初日から疲れたかしら」

「いえ、楽しかったので大丈夫です。私の勤務って8の刻までなので……あと半刻ぐらいありますよね。もう少し頑張ります！」

赤いインクをつけたペンを握ってそう宣言すると、ニナさんは一瞬呆気《あっけ》に取られていたけど、すぐに首を横に振って私の手からペンを取り上げた。

「その歳で無理をしたら、体を壊すからダメよ。また別の仕事をしてもらうわ」

「……そうなんですか？　別の仕事があるならそっちを頑張ります！」

「レーナちゃん凄いわね。やる気も凄いし集中力も凄いし、頼もしいわ」

日本で正社員やってたからね……残業込みで毎日10時間ぐらい働くのは普通だったし、今日はまだ配達と2時間の計算しかしてないから、まだまだこれからって感じだ。

でも確かに、10歳の子供にしたらこれでもかなり働いてる方なの……かな？　10歳の子供の平均値が全く分からない。

「私はもう少し大丈夫そうです」

「それなら、休憩なしで次の仕事を頼んでもいいかしら？」

「はい」

「じゃあ次の仕事だけど、まずはギャスパー様からの伝言よ。明日の午後、ギャスパー様にお時間があるらしくて、数人の従業員と一緒にさっそく筆算の授業をして欲しいらしいわ。だから今日は、その準備が仕事ね」

え……明日？　あと半刻しかないのに明日の授業の準備なんて、時間が足りなすぎるって！

「い、今すぐ取り掛かります！」

「そんなに慌てなくても大丈夫よ。最初だし手探りでいいからって話だったわ。とりあえず、お試し程度に思っていていいんじゃないかしら」

「……分かりました。でも、できる限り準備しておきます」

最初だから手探りでって言われても、私はこの筆算を買われて雇ってもらえたんだから、その授業が微妙だったら雇い止めって可能性がないとは言えないだろう。最低限はちゃんと教えられるようにしたい。

「無理はしないようにね。どうしても明日が難しければ、私から日程を延ばしてもらえるようにお願いするから」

「ありがとうございます。でも明日で大丈夫です。頑張ります！」

こうして時間に追われていると、なんだか仕事をしているって感じがして、少し楽しい気もするし。そういう思考になるのは、日本人特有なのかな……。

ニナさんは私のやる気に苦笑を浮かべつつ、何かあったらいつでも質問してねと言って資料室を出ていった。

「よしっ、まずは授業でやるべきことを整理しよう」

気合いを入れるためにそう呟いてから、授業のやり方について思考を巡《めぐ》らせた。

まずは足し算、引き算、掛け算、割り算のやり方を一通り見てもらって、皆が普段はどんな計算をしてるのか確認した方がいいよね。

それで掛け算の九九を暗記した方がよさそうならそれを伝えて、あとはこの世界って、小数点以下の数字の概念はあるのだろうか。

あるならその筆算のやり方も教えて……いや、最初からそんなには無理か。

とりあえずは足し算を完璧にできるようにしてもらって、あとは掛け算と九九について話をするぐらいかな。

それなら九九を全部書き出しておこう。またいくつか例題として、繰り上がりのある計算を書き出しておいた方が便利かな。あとは足し算と引き算がすんなり理解してもらえた場合のために、掛け算の例題も……。

それからの半刻は一瞬で過ぎ去ったけど、なんとか最低限の準備を終わらせた。あとは明日の本番で、緊張しすぎずに話をできれば大丈夫だろう。明日の私、頑張って！


仕事を終えて制服から私服のボロいワンピースに着替えた私は、裏にいる従業員とギャスパー様に挨拶をして帰路に就《つ》いた。

明日の授業のことを考えながら外門を通って外に出ると、門のすぐ近くにお父さんがいた。

「レーナおかえ……そ、そんな厳しい表情をしてどうしたんだ！　何かされたのか⁉」

「え……」

突然お父さんに肩を掴まれて、心配そうな表情を向けられる。

「別に何もされてないよ？　そんなに厳しい表情だった？」

困惑しつつ首を傾げると、お父さんは大きく頷いてみせた。

「ああ、何かあったのかと心配になったぞ」

「明日の仕事のことを考えてたからかな。お父さんが心配してるようなことは、何も起きてないから大丈夫だよ」

その言葉を聞いてやっと安心したのか、お父さんは私の肩から手を離して、「はぁ」と力を抜いた。

「なんだ、それならいいんだ」

「うん。心配してくれてありがとう」

お父さんの子供愛はちょっと重すぎるけど嬉しくもあって、大きな手をぎゅっと握って顔を見上げながらお礼を言った。

するとお父さんは、感極まったように瞳を潤ませ空を見上げる。

「俺は今、世界一幸せかもしれない」

「……大袈裟《おおげさ》じゃない？」

「いや、全く大袈裟じゃない」

「そっかぁ……」

お父さんはしばらく感動していて、数分待っていると、やっと普段通りに戻り口を開いた。

「それで、今日はどうだったんだ？　ちゃんと仕事できたか？」

「うん。商品の配達と売り上げの計算をしたよ。それに凄く可愛い制服をもらえたの！　お父さんに見せたいな」

「な、なんだと……！　それをスラムに着てくる……ことはできないよな。うぅ、レーナの可愛い姿を親である俺が見られないなんて！」

今日のお父さん、なんかテンション高いね。

というかよく考えたら、私とお父さんが２人で話すことってあんまりないんだよね。お父さんもこの時間が嬉しいのかな。

「皆が街中に来られたら、その時は見られると思うよ。もうちょっと待っててね」

お父さんに屈《かが》んでもらってそう伝えると、お父さんの瞳は輝いた。キラッキラだ。

「楽しみだな」

「そうだね。そのために今夜からさっそく勉強する？」

「おうっ、まずは敬語だったな」

「頑張って教えるね」

それから家に戻った私は、いつも通りにお母さんや近所の人たちと一緒に夜ご飯を作って、日が暮れる前に寝る準備を済ませた。

今までは、このあとの時間でやることは特になく、道具の手入れをしたり少し話をするだけで寝床《ねどこ》に入ってたんだけど……今日からは勉強の時間だ。

「レーナ、今日から頼むわよ」

「うん、任せて。まずは敬語からね。敬語っていくつか種類があって、貴族様や偉い人に向けて使うものと、もう少しフランクなものがあるんだけど、皆に必要なのはフランクな方だからそっちを教えるね。貴族様向けの敬語が必要になったら、それはその時に教えるよ」

皆が頷いたのを確認して、まずはよく使うだろう挨拶から教えることにした。

「例えば皆が仕事を見つける時、雇ってもらいたい工房やお店の偉い人に最初にする挨拶ね」

「それは大切ね」

「うん。じゃあいくよ？　初めまして、レーナです。よろしくお願いします。……これが一番基本の挨拶かな」

とりあえずこれが言えれば、第一印象が悪くなることはないはずだ。こうして少しずつ、よく使う言い回しから覚えてもらうしかない。

「初めまして、ルビナです。よろしく……お願いね？　だったかしら」

「ううん、よろしくお願いします。だよ」

「よろしく、お願い、します？」

「そう」

慣れない言葉は発音しにくいらしく、皆は何度も口にして覚えようと頑張っている。

「じゃあ、お母さんから立ってやってみようか。ニコって笑みを浮かべながら、さっきの言葉を言えばいいよ」

「分かったわ。――初めまして、ルビナです。よろしくお願いします」

「おおっ、完璧！」

「さすがルビナだな」

「次はお父さんね」

それからお父さんとお兄ちゃんも挨拶を練習して、とりあえず挨拶は全員クリアだ。

「今日はもう一つ、お礼の仕方も覚えようか。ありがとうって皆は言うと思うけど、丁寧語だとありがとうございます、って言うよ」

「ありがとう、ござ、います？」

「そう。ありがとうございます」

「最後が『す』で終わることが多いんだな？」

お父さんがありがとうございますと呟いて、突然そう言った。

「そう、お父さん凄いね！」

そういう規則性に気がつくと、習得は早くなりそうだ。お父さんは意外に頭の回転が早いのかも。

「～です。～ます。とかで終わることが多いよ」

「アクセル、凄いじゃない」

「さすが父さんだな」

お父さんは皆から褒められて相当嬉しかったのか、鼻の穴をひくひくと動かしながら得意げな笑みを浮かべている。

「じゃあお父さん、もう1回さっきの挨拶をやってみようか」

褒められて気分がよくなっているお父さんに、さっきの挨拶を覚えているかの抜き打ちテストをやってみた。

すると……予想通り、お父さんはほとんど忘れていた。

まあ、そんなものだよね。何回も繰り返していれば、いずれ覚えるだろう。

「じゃあ皆、敬語はこの辺にして、あとは私の話を聞いてくれる？　街中のことで話したいことがたくさんあるの」

常識については雑談として話すのが一番だろうと思い、そう提案すると、皆は覚えることに飽きたのかすぐに頷いてくれた。

「レーナから街中の話を聞くのが楽しみだったんだ！」

「お母さんもよ。よろしくね」

「もちろん。じゃあ今日は……魔法使いのことを話すね」

それからは、街中での魔法や魔道具についての話を経験込みで楽しく伝えて、今夜の授業は終わりとなった。

皆でベッド代わりの木の板に横になったところで、明日からの日々を思って自然に頬が緩んでしまう。これから私は毎日街中に行って、あの可愛い制服を着て仕事をするのだ。稼いだお金で欲しいものを買えるし、美味しいものも食べられる。

それにこの世界の未知を知る機会にも、たくさん恵まれるだろう。そうだ、ダスティンさんの魔道具工房にまた行く約束もしたんだよね。魔道具研究なんて、絶対に楽しいはずだ。

一気に世界が広がり、これからの日々に期待を膨《ふく》らませながら、楽しい気分でいつの間にか眠りに落ちていた。

外伝　お父さんとジャックさん

　ジャックさんのところで働き始めてから２日目のお昼過ぎ。いつものようにお客さんへの対応をしながら計算に勤《いそ》しんでいると、こちらをじっと見つめる大柄な男性がいるのが遠くに見えた。

　隠れて見ているつもりなのかもしれないけど、全く隠れられてないあの男性は……お父さんだ。

「はぁ、様子を見に来たなら、こっちまで来ればいいのに」

　お客さんが途切れた時にそう呟くと、ジャックさんもお父さんの方へ視線を向けて苦笑を浮かべた。

「レーナのお父さんか？」

「そう。邪魔をしてるみたいでごめんね」

　いろんな人に不審《ふしん》がられてるし、知り合いには不思議そうに声をかけられてるし……あの場所だけ、なんだか異様な空間になっている。

「いや、別に構わないが……俺、突然殴《なぐ》られたりしないよな？　こっちを睨みつけてる気がするのは、気のせいか……？」

「――気のせいじゃないね。はぁ、本当にお父さんがごめん。なぜか私を取られたと思って、ジャックさんを敵視してるの」

お父さんって、本当に娘が大好きな人だよね……私が結婚する時は大丈夫なのだろうか。泣いて泣いて泣きまくる様子がすでに思い浮かぶ。

「でももしお父さんがジャックさんにあまりにも失礼なことをしたら、必殺技《ひっさつわざ》を発動するから安心して」

私にしか使えない、効果抜群の魔法の言葉があるのだ。

それは――嫌いになるよ、この一言。

お父さんからの愛情を利用してるようで嫌だから、あんまり使いたくはないんだけど、いざという時には仕方がない。

「そんな技があるのか？」

「うん。任せて」

笑顔で見上げて頷くと、ジャックさんは安心したような表情を浮かべて私の頭をポンっと軽く撫でてくれた。

「任せたぞ」

その瞬間にお父さんがいる方向から冷たい波動が放たれた気がしたけど、気のせいだと思いたい。

お父さんって水の女神様から加護を得てないよね？　火の女神様だよね？

それからお客さんがやってきて、私とジャックさんはとりあえずお父さんのことは忘れることにした。

「いらっしゃいませ！」

「美味しそうな野菜がたくさん！」

「本当だね！」

「どれにする、どれにする？」

今回のお客さんは、テンション高めな若い女性が３人だ。

ジャックさんが身嗜みを整えてかっこよくなったことで、最近はこういうジャックさん目当てのお客さんがかなり増えた。

「お兄さん、どの野菜がおすすめ？」

１人の女性が少しだけ恥ずかしそうにして聞くと、ジャックさんは笑顔でいくつかの野菜を示した。

高めの野菜の中に１つだけ安い野菜を入れていて、お金がない人は安い野菜を、見栄を張れるぐらいにお金がある人は高い野菜を買ってくれるのだ。

　ジャックさん、さっそく自分の容姿を活用して、売り上げを伸ばしていて凄いと思う。

「じゃあ、これを1つ」

「はい。ありがとう」

　今回の女性たちは、高めの野菜を買えるだけのお金があったらしい。嬉しそうにジャックさんから野菜を受け取って、3人でキャッキャッと騒ぎながら帰っていく。

「レーナの言う通り、ちゃんと容姿を整えるだけで違うよなぁ」

「それはそうだよ。雇われた時に、整えるようにって言われなかったの？」

「……言われたけどな、スラム街支店での勤務になったから、別にいいかって」

「そういう妥協《だきょう》はダメだよ。スラムに住んでる人たちだって、イケメン好きに変わりはないんだから」

「……反省してる」

　そう言って眉《まゆ》を下げるジャックさんは、それだけでなんだか絵になる顔立ちだ。本当にかっこいいよね……あっ、でもちょっとだけ髪を縛ってる部分が崩れてきてるかも。

「ジャックさん、少し屈んで？　髪を縛り直した方がいいかも」

「ほどけてるか？」

そう言いながらしゃがみ込んでくれたジャックさんの髪に触れると、指通りがよくてサラサラだ。やっぱりあの整髪料、本当に凄いね。

ただサラサラになりすぎて、縛っている部分がほどけやすくなってしまっているのが、少し大変だ。今度は違う種類の整髪料を見つけてもらうか、髪がまとまりやすくなるクリームみたいなものを探してもらった方がいいかもしれない。

「はい、できたよ」

「ありがとな」

――バンッッ！

え、何事？　突然の衝撃音に、聞こえてきた方角へ視線を向けると、そこではお父さんが倒してしまった木の板を必死に直しているところだった。

お父さん……何やってるの。

「大丈夫か？」

「多分大丈夫だと思うけど……あっ、いらっしゃいませ！」

お客さんが来てしまったのでお父さんからは視線を逸らし、仕事に集中することにした。お父さんは私のことになると暴走しがちだから心配だけど……さすがに他人に迷惑をかけるようなことはしないだろうし、大丈夫だよね。

自分にそう言い聞かせて、頭の中を計算で埋め尽くしていく。

それからいつものように2人でお客さんを捌《さば》き、商品がほとんど売り切れたところでお客さんの波が収まった。

「今日もそろそろ暇になるな」

「そうだね。……あっ、お父さんが」

今まで遠くにある建物の陰からこちらを見つめていたお父さんが、ついに動き始めた。

「こっちに来るのか？」

「そうみたい」

お父さんはジャックさんに負けないようにと張り切っているのか、やりすぎなほどに胸を張り大股《おおまた》でこちらに歩いてくる。

なんだか凄く変な体勢なんだけど……、笑ってしまわないように抑えるのが大変だ。

「レーナの父だ。娘が世話になってるな」

ジャックさんの目の前でふんっと胸を張ったお父さんは、いつもより低い声で眉間に皺を寄せながらそう告げた。

「ぶふっ……っ」

私はそんなお父さんの様子にわずかに吹き出してしまったけど、口元を押さえて横を向いていたのでセーフだ。

お父さん、何に張り合ってるのか知らないけど、それ笑っちゃうからやめて欲しい。

「初めまして、私はジャックです。レーナさんはとてもよく働いてくれています」

ジャックさんは変なお父さんを見ても動揺せず、普通に挨拶を返している。ジャックさん凄い、笑わないでいられるのが凄い。

「そうか……ところでジャック、レーナのことをどう思っているんだ？」

え、最初からその質問⁉　せめてもう少し雑談をしてからにしようよ……。

「えっと……とても優秀で、可愛らしいお嬢さんだと……」

「そう！　うちのレーナは可愛いんだ！　世界一可愛い！　でもお前にレーナはあげんぞ！」

そう叫んだお父さんは、今度は腕を組んでジャックさんを見下ろした。

いやお父さん、それ結婚の報告に来た時にするやつだよね？　絶対今じゃないよ？

そもそもジャックさんは、私を取ろうとなんてしてないって。

「レーナさんをもらおうとは思ってませんが……」

ほら、ジャックさん凄く困ってるじゃん。

「……レーナじゃ不満だって言うのか？」

「いえ、そうではなく……レーナさんの気持ちもありますし」

ジャックさんはお父さんの話がよく分からずに困惑し、私に話を振ることに決めたらしい。

ジャックさん、それが一番だから遠慮せず私に振って！

そんな気持ちを込めてジャックさんに頷いてみせてから、お父さんの顔を見上げた。

「お父さん、何を言ってるの？　そもそもジャックさんは私の大恩人《だいおんじん》なんだから、失礼な態度はダメだよ。これからもそんな態度でいるなら、お父さんとはもう話さないから」

まずは、嫌いになるよ、の下位互換《かいごかん》である、話さないから。こっちで攻めてみると、これでもお父さんにはオーバーキルだったらしい。

その場で呆然と固まったと思うと、私の前に膝をついて泣きそうな表情でオロオロと慌て出した。

「ご、ごめん。違うんだ。父さんはレーナのことが心配で……」

「だから、大丈夫だって言ってるでしょ？　それに心配してる内容が的外れだから。ジャックさんはただの上司だよ？　結婚相手じゃないからね」

「それは当然だ！　ただこれからは分からないし、もしかしたら、レーナが騙《だま》されたりする可能性も……」

「あっ、お父さんは私のことを信じられないんだ」

「いや、そんなことは断じてない！　ただ相手が凄く悪い奴の可能性も……」

「それを確かめたいなら、ジャックさんと仲良くなって確かめた方がいいんじゃない？」

私のその言葉を聞いたお父さんは、シュンッと小さくなってしまった。

そんなお父さんを呆れた表情で見つめつつジャックさんを見上げると、お父さんが怖くない人だと分かったのか、苦笑を浮かべている。

「レーナ、お父さんには裏の椅子に座ってもらったらどうだ？　ずっと立ちっぱなしだっただろうし」

「確かにそうだね」

よく考えたらこの暑い中、水分補給をする様子もなく、ずっと私たちの仕事風景を見てたのか。お父さん、つくづく私が絡むとバカになるよね……。

「お父さん、ちょっとこっちに来て」

私やジャックさんが休憩の時に腰掛ける折り畳み式の椅子に誘導すると、お父さんはその椅子の形に興味を惹《ひ》かれつつ、素直に腰掛けた。

「嫌いじゃなければ、これ食べてください。瑞々しいので水分補給になると思います」

ジャックさんが差し出したのは、籠に入ったミリテだ。

「いいの？」

「ああ、俺が買ったから食べて問題はない」

「そうなんだ。ありがとう」

お父さんはジャックさんの顔をじっと見つめると、少しだけ悩んでから素直にミリテを受け取った。

躊躇《ためら》わずミリテが買えるだけのお金があることや、その顔立ちのよさなどに負けたと思っているのか、少し悔しそうな表情だ。

お父さん、ジャックさんに勝つのは難しいと思う……。

「……先ほどは、取り乱してすまなかった」

ジャックさんの態度に言動を顧《かえり》みたのか、お父さんが謝罪を口にした。

「いえ、大丈夫です。……そうだ、私の生い立ちを聞いてくれますか？　それを知ってるだけで安心感が生まれると思いますし」

「いいのか？」

「もちろんです。面白いものじゃないですが」

それから上手くお父さんの興味を惹くように、ジャックさんが過去の話をしていくと、お父さんの態度が分かりやすく軟化《なんか》していった。

この娘大好きお父さんを絆《ほだ》すなんて、ジャックさんは人たらしだね。

「……苦労したんだな」

お父さん、ジャックさんの話に感情移入しちゃってるよ。お父さんも兄弟が多い中で末っ子として苦労したからか、話に共感したようだ。

「そうだ、今度お父さんが伐採した木を1つ買ってもいいですか？　屋台の補強をしたくて」

「確かに少し劣化してるな……分かった。いいやつを持ってくる」

「ありがとうございます。助かります」

「そのぐらい当然だ」

そう言って得意げに鼻の下を掻いたお父さんは、ハッとジャックさんに絆されていたことに気づいたらしい。

突然立ち上がると、慌てた様子で口を開いた。

「これは、あれだ。レーナのためだからな」

「分かりました」

素直に受け入れて頷いたジャックさんは、苦笑まじりの笑みだ。

「……レーナは俺の子だからな！　それだけは忘れるなよ！」

お父さんは最後になぜかそんな言葉を残して、椅子とミリテの礼を改めて告げてから、足早に去っていった。そこは礼儀正しいんだね……。

「ジャックさん、本当にごめんね。面倒なことになって」

「いや、大丈夫だ。子供が大好きなお父さんはこんな感じなのかと、楽しかったしな」

「多分……お父さんは特殊事例だと思う」

お父さんってなんでか分からないけど、私に対して本当に過保護《かほご》だから。

「それよりもジャックさん、凄いね。あの娘大好きお父さんと少しでも仲良くなるなんて」

「……そうか？」

「うん、話が上手いなーと思って聞いてたよ。ジャックさんは、接客業が向いてるね」

「それなら嬉しいな」

恥ずかしそうに頭の後ろを掻いたジャックさんは、照れを誤魔化すように商品が並べられた台に視線を向けた。

「じゃあ今日はほぼ売り切れたし、もう片付けるか」

「そうだね」

お父さんがいる間もたまにお客さんが来て、商品はほとんど残っていない。最近はこんなふうに売り切れ仕舞いがほとんどだ。

「あっ、レーナ！」

私たちが片付けを始めていると、遠くから走り寄ってくる人影が見えた。

可愛らしく元気なあの姿は、エミリーだ。さらにその後ろにはフィルやハイノ、お兄ちゃんもいるみたいだ。

「皆、どうしたの？」

「今日は皆で採取に行って、少し早めに帰れたからレーナのところに行こうってことになったの！　こんにちは、私はエミリー。レーナの友達なの！」

元気よく挨拶したエミリーに、ジャックさんは頬を緩めながら挨拶を返した。

「俺はジャックだ。よろしくな」

「レーナから聞いてたけど……本当にかっこいい！　ねぇねぇ、凄くモテるの？　恋人がたくさんいるの？」

「いや、恋人はいるとしても1人だろ」

エミリーのキラキラ輝く瞳に見つめられ、ジャックさんは苦笑しつつそう言った。

「そうだよエミリー。それに突然そんなこと聞いたら失礼でしょ」

「でもこんなにかっこよかったら、気になっちゃうよ！」

頬を赤く染めて両手を胸の前で組むエミリーは、完全にジャックさんに見惚れている。そんなエミリーを見て、お兄ちゃんたちは苦笑いだ。

「突然ごめんな。こんな大人数で」

「俺はレーナの兄だ。妹をよろしくな！」

ハイノとお兄ちゃんは、常識的な挨拶をした。フィルは……ジャックさんを呆然と見上げている。うん、その気持ちはちょっと分かる。ちゃんと外見を整えたジャックさんは、スラムにはいない雰囲気だよね。

「あっ、そうだ。これ受け取ってくれ。レーナが世話になってるからな」

お兄ちゃんがポケットを漁って取り出したのは、森で採れる木の実のいくつかだった。もしかしてお兄ちゃん、このために木の実を採取してくれたの……？

お父さんよりもちゃんとしてる！　お兄ちゃん凄いよ！

「もらっていいのか？」

「もちろんだ」

「ありがとな。じゃあ俺からも……このミリテを渡そう。これからよろしくな」

「え、いいのか⁉」

「もちろんだ」

スラムでは高級食材のミリテをくれたジャックさんを、お兄ちゃんは尊敬の眼差《まなざ》しで見つめた。

これでお兄ちゃんも確実にジャックさんの味方だし、またお父さんが変なことを言い出しても大丈夫そうだね。

「帰り道にでも皆で一緒に食べるといい。レーナも今日はもう上がっていいぞ。あとは片付けだけだからな」

「いいの？　まだ時間はあるから大丈夫だよ」

「今日はいい。まだ子供なんだから、友達と遊ぶのも大切だぞ」

そう言って私の頭を軽く撫でたジャックさんは、容姿を見慣れてきた私にもかっこいいと素直に思えるものだった。

ジャックさん、接客業を極めたら伝説の店員になれるんじゃないだろうか。

「ありがとう。じゃあ、また明日も頑張るね」

「ああ、頼んだぞ」

私はまだジャックさんに見惚れているエミリーの手を引っ張り、皆と一緒に自宅がある方へ歩き出した。


「ジャックさんって、なんか雰囲気からしてかっこいい人だったな」

もらったミリテを大切に食べながら帰路に就く中、お兄ちゃんがポツリと呟いた。

「顔はもちろんだけど、スラムにはいない感じの人だったな」

「なんか余裕？　みたいなのがあったよな」

お兄ちゃんとハイノの言葉を聞いて、フィルが恐る恐る私の服を引っ張った。

「なぁ……」

「どうしたの？」

「レーナもかっこいいと思うのか？　ジャックさん」

その質問にどう答えようか少しだけ悩んだけど、フィルの淡《あわ》い恋心が実る可能性がほとんどないことを考えると、ここは期待を持たせない方がいいと思って素直に頷いた。

「かっこいいと思うよ。余裕のある大人の男性っていいよね」

「そうか……」

「分かる!!　もうほんっとうにかっこよかった！」

返答に落ち込んだフィルを押しのけて、瞳を輝かせたエミリーが私の手を握った。そんなエミリーに苦笑しつつ、これならフィルも引きずらないかなと少し安心する。

「もうずっと見ていたいぐらい！」

「それはさすがに飽きるんじゃない？」

「ううん、そんなことないよ！　というかレーナ、頭ポンってされてて羨ましかった……！」

――そういえば、そんなことをされたっけ。

思い返せば、ジャックさんはよく私の頭を撫でてる気がする。ちょうど位置的に撫でやすいんだろうな……うぅ、早く成長したい。

「別にそんなにいいものでもないけどね」

「そんなわけないでしょ！　あれは女の子たちの憧れだよ！」

「そうなのか……？　どうだ？」

お兄ちゃんがエミリーの頭をポンポンと軽く撫でると、エミリーはしばらくお兄ちゃんの顔をじっと見上げてから、「なんか違う」と呟いた。

「やっぱりラルスじゃなくて、ジャックさんじゃないと」

「俺からでも嬉しがれよ～、ほらほら！」

エミリーの頭をぐしゃぐしゃに掻き混ぜたお兄ちゃんは、ビシッと指を突きつけて怒られている。うん、それはさすがに怒られると思う。

でもこうして改めて見ると、お兄ちゃんとエミリーって仲がいいよね。私とエミリーがよく一緒にいるからっていうのが大きいんだろうけど。

将来的には2人が結婚するなんてことがあるのかな……いや、でもエミリーは面食いだからね。お兄ちゃんは……うん、平凡だ。

「レーナ、俺はジャックさんを目指すからな！」

お兄ちゃんとエミリーのやり取りを聞いていたら、突然フィルが私に向けて大声で宣言をした。

　さっきのかっこいいと思うって言ったの、まだ考えてたんだ……。

「うん、あの、無理しないようにね」

　それぐらいしかかける言葉が思いつかずに伝えると、それでもフィルは満足したのか両手を握りしめた。

「フィル、どうやってジャックさんを目指すんだ？」

　ストレートに問いかけたハイノの言葉に、フィルは自信ありげに口を開く。

「まずは身長を伸ばすんだ。知ってるか？　身長って逆立《さかだ》ちすると伸びるらしいぞ」

　何その眉唾《まゆつば》な知識……逆立ちしたら、筋肉質になって、身長は伸びるのか分からないだろう。

「これからは毎晩逆立ちしてから寝る！」

　まあ、フィルはやる気になってるし、筋肉がつくのは悪いことじゃないしいいか……そのうち効果がなかったら自分で気づくだろう。

　ハイノもそう思ったのか、微妙な表情で「頑張れよ」と言っている。

　それからも私たちは騒がしく話しながら、夕暮れに染まるスラム街の家に向かった。

転生少女は救世を望まれる
～平穏を目指した私は世界の重要人物だったようです～

あとがき

初めまして、またはお久しぶりです。蒼井美紗と申します。

この本をお手に取ってくださって、本当にありがとうございます。皆様に楽しい時間をお届けできていたら、とても嬉しいです。

私はいつも物語を書き始める時に、描きたいストーリーが思い浮かび、それからそのストーリーを生き生きと動き回ってくれる登場人物を考え、その後に世界観を深めていきます。

しかし今作は少しいつもとは違う流れでして、まずはこんな世界を描きたいと、世界観を作るところから始めました。というよりも、こんな世界を作りたい……！　と、私の脳内に突然イメージが生まれてきました。（いわゆる妄想ですね。妄想癖があるんだ……などと思っても、絶対に口にしてはいけません）

世界観が深まったところで主人公であるレーナが生まれ、それによってさらに世界観が深まり、この世界の歴史や成り立ちを考え、そこからストーリーを作っていきました。

こんなふうに生まれたこの作品ですので、皆様には私たちが生きている地球とは違う、不思議な世界観も楽しんでいただけたら嬉しいなと思っております。

私はありがたいことに、何度も拙作を書籍にしていただいているのですが、毎回思うことは小説を書くのって本当に楽しいな……これに尽きます。自分の脳内にある話を皆様にお届けできる形で文字にするというのは難しくもあるのですが、とても楽しくて完全に執筆の虜になっています。

このように本として小説を出版できるのは、こうしてお手に取って読んでくださっている読者の皆様のおかげですので、本当に感謝しております。ありがとうございます。

レーナの物語はまだまだ先がありますので、皆様に続きも書籍としてお届けできることを願っております。もし機会をいただけましたら、また次巻のあとがきでお会いできたら嬉しいです。

書籍化のお声を掛けてくださったツギクル様、そして担当編集様、その他にも今作に関わってくださった全ての皆様、本当にありがとうございました。とっても素敵な一冊になっていて嬉しいです。

またイラストを担当してくださった蓮深ふみ様、最高に可愛くて綺麗で素敵すぎるイラストを描いてくださり、本当にありがとうございました。何度もイラストを眺めてはニヤニヤしている変な人になっています。

最後に改めまして、この本に関わってくださった全ての皆様に心からの感謝を申し上げます。

２０２３年11月　蒼井美紗

ざまぁされた王子の三度目の人生
著：海野《うみの》はな
イラスト：梅之シイ
前々世で婚約破棄した元婚約者に今世でひとめぼれ!?
傲慢な王子だった俺・クラウスは、卒業パーティーで婚約破棄を宣言して、鉱山送りにされてしまう。そこでようやく己の過ちに気が付いたがもう遅い。毎日汗水たらして働き、一度目の人生を終える。
二度目は孤児に生まれ、三度目でまた同じ王子に生まれ変わった俺は、かつての婚約破棄相手にまさかの一瞬で恋に落ちた。
今度こそ良き王になり、彼女を幸せにできるのか……？
これは駄目王子がズタボロになって悟って本気で反省し、三度目の人生でかつての過ちに悶えて黒歴史発作を起こしながら良き王になり、婚約破棄相手を幸せにすべく奔走する物語。
定価1,320円（本体1,200円＋税10%）　978-4-8156-2306-7
ツギクルブックス
https://books.tugikuru.jp/

追放
悪役令嬢の旦那様
著／古森きり
イラスト／ゆき哉
1～7
「マンガPark」（白泉社）で
©HAKUSENSHA
コミカライズ
好評連載中！
謎持ち悪役令嬢
第4回ツギクル小説大賞
大賞受賞作
規格外の旦那様と辺境ライフはじめます!!!
卒業パーティーで王太子アレファルドは、
自身の婚約者であるエラーナを突き飛ばす。
その場で婚約破棄された彼女へ手を差し伸べたのが運の尽き。
翌日には彼女と共に国外追放&諸事情により交際0日結婚。
追放先の隣国で、のんびり牧場スローライフ！
……と、思ったけれど、どうやら彼女はちょっと変わった裏事情持ちらしい。
これは、そんな彼女の夫になった、ちょっと不運で最高に幸福な俺の話。
定価1,320円（本体1,200円＋税10%）
ISBN978-4-8156-0356-4
ツギクルブックス
https://books.tugikuru.jp/

後宮は有料です！
著：美雪
イラスト：しんいし智歩
後宮に就職したのに……
コミカライズ企画進行中！
働くにはお金が必要みたいです！

『飽きた』と書いて異世界に行けたけど、
破滅した悪役令嬢の代役でした
Novel 枝豆ずんだ
Illustration 東茉はとり
死んだ公爵令嬢に異世界転移し事件の真相に迫る!
コミカライズ企画も進行中!
この謎、私が暴いてみせましょう!

2024年1月、
最新16巻
発売予定！
もふもふを知らなかったら人生の半分は無駄にしていた
1～15
著／ひつじのはね
イラスト／戸部淑
冒険あり、癒しあり、笑いあり、涙あり
もふもふたちに囲まれた
異世界スローライフ！
魂の修復のために異世界に転生したユータ。異世界で再スタートすると、
ユータの素直で可愛らしい様子に周りの大人たちはメロメロ。おまけに妖精たちがやってきて、
魔法を教えてもらえることに。いろんなチートを身につけて、目指せ最強への道？？
いえいえ、目指すはもふもふたちと過ごす、
穏やかで厳しい田舎ライフです！
転生少年ともふもふが織りなす
異世界ファンタジー、開幕！
定価1,320円（本体1,200円＋税10%） ISBN978-4-8156-0334-2
ツギクルブックス
https://books.tugikuru.jp/

ツギクルブックス

愛読者アンケートに回答してカバーイラストをダウンロード！

愛読者アンケートや本書に関するご意見、蒼井美紗先生、蓮深ふみ先生へのファンレターは、下記のURLまたは右のQRコードよりアクセスしてください。
アンケートにご回答いただくとカバーイラストの画像データがダウンロードできますので、壁紙などでご使用ください。
https://books.tugikuru.jp/q/202311/tenseishojokyusei.html

本書は、「小説家になろう」（https://syosetu.com/）に掲載された作品を加筆・改稿のうえ書籍化したものです。

転生少女《てんせいしょうじょ》は救世《きゅうせい》を望《のぞ》まれる　～平穏《へいおん》を目指《めざ》した私《わたし》は世界《せかい》の重要人物《じゅうようじんぶつ》だったようです～

2023年11月25日　初版第1刷発行

著者　蒼井美紗《あおいみさ》

発行人　宇草 亮
発行所　ツギクル株式会社
〒106-0032　東京都港区六本木2-4-5
TEL 03-5549-1184
発売元　SBクリエイティブ株式会社
〒106-0032　東京都港区六本木2-4-5
TEL 03-5549-1201

イラスト　蓮深ふみ
装丁　ツギクル株式会社

印刷・製本　中央精版印刷株式会社

ISBN978-4-8156-2320-3
Printed in Japan